आखिर कब तक

(उपन्यास)

वाणी प्रकाशन

नयी दिल्ली-110002

फोन : 3275710, 3273167 फैक्स : 32757

e-mail : vani_prakashan@yahoo.com

vani_prakashan@mantraonline.com

आखिर कब तक

रमाशंकर श्रीवास्तव

ISBN 81-7055-411-X

वाणी प्रकाशन
21-ए, दरियागंज, नयी दिल्ली-110002
द्वारा प्रकाशित

प्रथम संस्करण : 1995
द्वितीय संस्करण : 2002

मूल्य : 90.00 रुपये

शुभम ऑफ़सेट, दिल्ली-110032
द्वारा मुद्रित

AKHIR KAB TAK
by Rama Shanker Shrivastava

भाई डॉ. नित्यानन्द तिवारी
के नाम

कथा-बीज

प्रश्न—'आखिर कब तक' ?

एक हायर सेकेंडरी स्कूल में मास्टर की जगह खाली थी। इन्टरव्यू देने अनेक प्रत्याशी आए।

स्कूल का चेयरमैन ग्राम पंचायत का मुखिया भी था। हस्ताक्षर कर लेता था। इन्टरव्यू में कैंडिडेट से चेयरमैन बोला-देख भाई, मैं तो पढ़ा-लिखा नहीं हूँ, जो तुमसे गिटपिट बोलूँ। मुझे बता, तेरी तरफ आजकल फसल कैसी है। धान, गेहूँ, तिलहन-दलहन का हाल बता। मुझे एक बैल खरीदना है। दो दाँत का बछड़ा चाहिए। किफायत में दिला देगा ?

कैंडिडेट को नौकरी लेनी थी। सकपकाते हुए बोला—

"सर, मैं कोशिश करूँगा।"

"तू कोशिश क्या करेगा, अपना सिर ! मुझे बता, मैं साथ चलूँगा। और एक बात और सुन। अगर तू चुन लिया गया तो तुम्हें मेरे घर रहना होगा।"

"आपके घर ?" कैंडिडेट चौंका।

"हाँ, मेरे घर। मैं कोई जंगल में रहता हूँ ?"

"नहीं, वो बात नहीं।"

"तो बात क्या है, सुन। समय-समय पर मेरा खाना भी बनाना पड़ेगा। कभी रोटी, कभी भात, कभी खिचड़ी, कभी दलिया। बना लेगा न ?"

कैंडिडेट चुप था। क्या कहे, क्या न कहे। थोड़ा सोचकर जवाब दिया—"सर, मुझे नमक का अंदाज नहीं मिल पाएगा।"

"नमक डालने के लिए दूसरे मास्टर को बुला लूँगा। अब बोल ?"

कैंडिडेट को अपनी नौकरी हाथ से छूटती नजर आई। धर्म-संकट में पड़ गया। पिछले आठ मौके हाथ से निकल चुके थे। घर में पत्नी सीधे मुँह बात नहीं करती थी। तीन बच्चे जन्म ले चुके थे। आजीविका की चिन्ता ने अखिल ब्रह्मांड के शाश्वत सत्य पर एक बार फोकस मारा। एम॰ ए॰ की डिग्री रद्दी अखबार न बन जाय। सभीत कैंडिडेट ने उत्तर दे दिया—"सब कर लूँगा, सर।"

"बूढ़ा आदमी हूँ। कुएँ से पानी भरकर कभी-कभी नहला देना भाई। भगवान तेरा भला करेगा।"

कैंडिडेट का आत्मबल बढ़ा—"सर, पहले आप मेरा भला कर दीजिए। भगवान तो बाद में भला करता ही है।"

चेयरमैन के इशारे पर कैंडिडेट को मास्टर बना दिया गया।

उत्तर—'आखिर कब तक' ?

—रमाशंकर श्रीवास्तव

आर-7, वाणी विहार
उत्तम नगर, नयी दिल्ली-59

एक

इतनी बड़ी दुनिया !
इतने लोग !
इतने धंधे ! तरह-तरह के धंधे !
सब देख और सोचकर विस्मय होता है।

जब अपने पेशे पर गौर करता हूँ तो मुझे और आश्चर्य होता है।

लोग कैसे इतना कर लेते हैं। मैंने भी चाहा कि इसी मास्टरी में कुछ धन बटोर लूँ। लेकिन असफल रहा। दिनेश कुमार को देखकर अपने भाग्य को कोसता हूँ। यदि इच्छाशक्ति और परिश्रम ही सब कुछ है तो उसके अनुसार मुझे परिणाम क्यों नहीं मिला ? परिणाम भी भाग्य के हाथों में कठपुतली है शायद !

आप मुझे कुंठित कह सकते हैं। असफल आदमी अंततः कुंठित हो जाता है। लेकिन मैं बिल्कुल निराश नहीं हो गया हूँ। देखता हूँ, कब तक मेरा भाग्य सोया रहता है।

एक दिन मेरे मित्र मुझे शहर की एक साहित्यिक गोष्ठी में ले गए। बोले—रामेश्वर जी, आपका मन मास्टरों की दुनिया से बाहर कभी नहीं निकलता। कभी दूसरे समाज में भी बैठा कीजिए। मन लगेगा।

गोष्ठी में शहर के अनेक साहित्यकार और श्रोता मौजूद थे। कविताएँ सुनाई गईं और इधर-उधर की चर्चा हुई। उसी में एक सज्जन ने कहा—हमारा पूरा जीवन एक चेष्टा है। अपनी अस्मिता की खोज की चेष्टा। हम एक-दूसरे से इसलिए भिन्न हैं क्योंकि चेष्टा हमारी निजी सामर्थ्य का निर्धारण करती है।

गोष्ठी से लौटते समय रास्ते में यही विचार मेरे मन में गूँजता रहा। तो क्या मेरी ही चेष्टा में कोई खोट है ? क्या मैं दिनेश कुमार नहीं बन सकता था ? शायद अपनी असफलता की निराशा को मैं चेष्टा और सामर्थ्य के दर्शन से ढँक देना चाहता हूँ। क्योंकि दर्शन दुख को कम करता है।

मेरे अन्तर में कोई पुकारता है—रामेश्वर ! इस दौड़ में तुम अध्यापक के

आदर्श का झंडा थामे आगे नहीं बढ़ सकते। आगे बढ़ना चाहते हो तो फेंको यह झंडा। झंडे की मर्यादा तभी बढ़ती है जब दुनिया देखती है कि वह किसके हाथों में है। कमजोर हाथों का झंडा ऊँचा नहीं उठता।

दिनेश कुमार इस सत्य को जानते हैं और मैं अनभिज्ञ रहा। मास्टरी का पेशा मैंने इसलिए अपनाया कि मैं इसमें सुख और शांति से रहूँगा। उसकी खोज आज तक करता रहा। या मुझे ही आज तक सुख समझ में नहीं आया। जो समझ में नहीं आता, वह भीतर तक कहाँ धँस पाता है। इसलिए मन आज भी इस डाल से उस डाल पर उड़ता रहता है।

मुझ जैसे बहुत लोग होंगे इस दुनिया में जो उड़ते ही रह जाते हैं। जो उपलब्धियों के स्वामी बन जाते हैं, वे भला क्यों उड़ेंगे। उनमें से ही एक हैं दिनेश कुमार। वे भी इसी स्कूल के शिक्षक हैं। लेकिन उनके बारे में मैं स्वयं नहीं कहूँगा। दीवार के भी कान होते हैं। कान और काने भला किसको चैन से बैठने देते हैं ?

दो

मैं रामेश्वर प्रसाद नहीं हूँ। ऐसी उदारता और सरलता में मैं विश्वास नहीं करता कि आदमी अपना सबकुछ दुनिया के सामने रख दे। कुछ बातें ऐसी होती हैं जो अपने अंतरंग से भी नहीं कही जातीं।

लोग मुझे कहते हैं कि दिनेश कुमार बड़ा भाग्यशाली है। थोड़े ही दिनों में वह इतनी बड़ी सम्पत्ति का स्वामी बन बैठा। लोग चढ़ते सूरज को नमस्कार करते हैं। किन्तु मैंने अपना सौभाग्य अपने परिश्रम से पाया है। परिश्रम और चातुर्य मनुष्य को बड़ी-बड़ी ऊँचाइयों तक पहुँचा देते हैं। लोगों को इस बात पर आश्चर्य है कि एक हाई स्कूल का मास्टर इतनी तरक्की कैसे कर बैठा। कोई पूछे उनसे—मास्टरी क्या दीन-हीन लोगों का ही पेशा है ? क्या वे देखते नहीं कि इस पेशे में भी बड़ी-बड़ी हस्तियाँ हैं ! वह युग बीत गया जब पाठशाले के गुरुजी को आदर्श माना जाता था। लोग उनकी चरण-वंदना करते थे। ऐसे गुरुओं का आशीष पाकर शिष्य अपने भाग्य की सराहना करता था। गुरु एक अनुकरणीय जीव था।

अब वे मान्यताएँ ढहने लगी हैं। शिक्षा राजनीति की सहेली बन गयी है। अध्यापन अपना लक्ष्य और सिद्धांत बदलने लगा है। ज्ञान का द्वार खटखटाने पहले लोग स्वयं जाते थे। आज कितने जाते हैं ? अपना ज्ञान आप अपने पास रखिए। जिसके पास लक्ष्मी होगी उसके सामने ज्ञान सेवक की भाँति हाथ जोड़े विनती करेगा। अब बड़ी-बड़ी संस्थाओं, राजनेताओं और उद्योगपतियों के भ्रू-संकेत पर

ज्ञान पुनजीवन पाता है।

लोगों का विचार है कि अध्यापन-कार्य उन्हें ही करना चाहिए जिनक छात्र-जीवन आदर्श रहा है। अथवा जिन्होंने उच्च अंकों से परीक्षा उत्तीर्ण की है। उनके इस भ्रम को मैं तोड़ देना चाहता हूँ। अध्यापन-कार्य के लिए उच्च अंकों से परीक्षा उत्तीर्ण होना अब आवश्यक नहीं।

मैं स्वयं एक सामान्य छात्र था। पिता लिख-लोढ़ा पढ़ पत्थर थे। विद्या का महत्त्व उन्हें मालूम नहीं था। जब भी मैं स्कूल जाता तो वे बिगड़ पड़ते—खेती-बाड़ी का काम रुका पड़ा है और तू स्कूल में मास्टरों के उपदेश सुनने जाता है ?

बड़ी आसानी से मैं पढ़ता रहा। विद्यार्जन मेरे संस्कार में तपस्या कभी नहीं बना। विद्योपार्जन तपस्या है, यह सिद्धांत भी पुराना है। परीक्षाओं में नकल-कार्य को मैं वर्जित नहीं मानता। उससे मुझे सहायता मिली है। बी॰ए॰ तक आते-आते मैंने अनुभव किया कि अच्छी श्रेणी पाने के लिए केवल किताबी पन्नों पर ही भरोसा करना भारी मूर्खता है। शिक्षकों और परीक्षकों से सम्पर्क साधने का कार्य ज्यादा महत्त्वपूर्ण है। मैंने वह सब किया और स्नातक बन गया। नौकरियों में मुझे सबसे आरामदायक नौकरी स्कूल की मास्टरी लगी।

हँसी आती है जब बड़ों के मुँह सुनता हूँ कि गुरु प्रकाश होता है। वह अंधकार को भगाता है और अपने शिष्यों में मानवीय भावों और सद्‌गुणों का संचार करता है। मैं डंके की चोट पर कहता हूँ—आप चिराग लेकर ढूँढ़ लीजिए। शिष्यों के जीवन को प्रकाशित करनेवाले गुरु की नजर आज केवल वेतन, महँगाई-भत्ते और ट्यूशन की फीस पर टिकी रहती है। अर्थ ही उनके लिए प्रकाश है।

मैं भी यह कैसा गुरु-शिष्य का व्याकरण ले बैठा। सच पूछिए तो यह नौकरी मेरे लिए एक सामाजिक प्रतिष्ठा है। आदमी को अपने समाज में एक पहचान चाहिए। जिधर घूम आऊँ उधर ही लोग मुझे—'मास्टर साहब ! नमस्कार ।' कहते हैं। समाज में सबसे ज्यादा अभिवादन मास्टरों को ही मिलता है।

मेरा यह दृढ़ मत है कि आदमी को दबंग बनकर रहना चाहिए। नहीं तो कोई पूछेगा नहीं। वाणी में तेज हो, झूठ-साँच कहकर दूसरों को प्रभावित कर देने की क्षमता हो, अवसर के अनुसार सिद्धांतों को गढ़ने या तोड़ देने का कौशल हो तो फिर देखिए, आप सर्वत्र पूजे जाएँगे।

पूजा बहुत बड़ी प्रतिष्ठा है। उसके अधिकारी देवता हैं। किन्तु आज देवता से अधिक मनुष्य पूजा पाते हैं। जो समर्थ हैं, पूजा-अर्चना उनकी दासी है। प्रत्येक युग में ऐसी हस्तियाँ आती हैं। प्रतिष्ठा के ऐसे आलोक से आज जो प्रकाशित हैं, उनका ही जीवन सफल है।

सफलता के मार्ग में मैं भी कुछ कदम बढ़ा हूँ। दबंग नहीं होता तो इस स्कूल का हेडमास्टर मुझे न मालूम कब का मिटा चुका होता। हेडमास्टर साहब

जानते हैं कि दिनेश कुमार अपने मन के बादशाह हैं। स्कूल का कोई टाइम-टेबुल उन्हें नहीं बाँध सकता। जब इच्छा होगी तभी पढ़ाएँगे। कोई उनका कुछ बिगाड़ नहीं सकता।

शिक्षक के रूप में जब मैं नियुक्त हुआ था तब लगा कि विद्यालय के शिक्षक-मंडल में मेरी स्थिति नगण्य है। एम० ए० हूँ तो क्या, ज्ञान में उनसे पिछड़ा हूँ। कक्षा में छात्र मुझसे प्रभावित नहीं हो पाते। अनुशासनहीनता को मैं दबा नहीं पाता। विद्यार्थी पीठ पीछे मुझ पर फबतियाँ कसते हैं। मेरे पहनावे और चाल-ढाल की आलोचना होती है। कुछ सहयोगी शिक्षक मेरी दुर्गति से हर्षित हैं। यहीं आकर मैंने अनुभव किया कि समान पेशे में ईर्ष्या बड़ी सजग रहती है। यहाँ एक की मानहानि दूसरे की प्रतिष्ठा मानी जाती है।

क्या-क्या नहीं हुआ मेरे साथ ? छः महीने के भीतर शिक्षा-जगत् के बहुत से अनुभव मैंने प्राप्त कर लिए। मन ही मन मैंने अपना मार्ग सुनिश्चित कर लिया। प्रभुनाथ बाबू पूरे दिन स्टाफरूम में राजनीति की बातें करते रहते थे। हेडमास्टर की आलोचना, शिक्षकों के बीच दल-निर्माण अथवा छात्र नेताओं को उकसाना, यही सब उनके कार्य थे। कोई उनसे मुँह लगने का साहस नहीं करता था। भरोसा नहीं था कि वे कब किस की प्रतिष्ठा गिरा देंगे। दंभी एक नंबर के। अपने विचारों के प्रति घोर कट्टर। कुर्त्ता-धोती पहनते थे और हमेशा नेताओं के अंदाज में चलते थे। आवाज मोटी थी। मेरे अवचेतन में शायद प्रभुनाथ सिंह ही आ बैठे थे। वे ज्यादा दिनों तक स्कूल में नहीं रहे। उनके साले ने बिजनेस करने के लिए उन्हें बम्बई बुला लिया। आज अगर प्रभुनाथ सिंह होते तो इस स्कूल में अगिया बैताल का काम करते। उनका विरोध करने की किसी में हिम्मत नहीं होती।

मैंने भी कुछ ही दिनों में अपनी स्थिति मजबूत कर ली। जो निडर स्वच्छंदता अब तक मेरे भीतर संकोच बनकर छिपी थी, वह सामने आ गयी। लोग मानने लगे कि यह दिनेश कुमार कोई साधारण आदमी नहीं है। स्टाफ में मेरी पूछ होने लगी। सभा-बैठकों में मुझसे जरूर बोलने को कहा जाता। हेडमास्टर अथवा प्रशासन के विरोध में जो भी आवाज उठायी जाती, उसका अगुआ मुझे ही बनाया जाता। गिरधारी लाल आर्य उच्चत्तर माध्यमिक विद्यालय, गोरखपुर के परिसर में आज बड़ा नेता मुझे ही माना जाता है। इसलिए कहता हूँ कि प्रतिष्ठा पाने के लिए दबंग बनना जरूरी है। नरम चारा बनने पर कोई भी चबा डालेगा।

एक दिन हरिनाथ पांडेय ने मुझसे कहा—स्कूल की आडिट कमिटी ने व्यय पर कई आपत्तियाँ उठायी हैं। संभव है, इस बार स्कूल के शिक्षकों की तनख्वाह रोक ली जाय।

सुनते ही मेरा ब्रह्मांड गरम हो गया। मुँह में ढेरों गालियाँ भर आईं। देखूँ, किसकी मजाल है जो हम मास्टरों की तनख्वाह रोकता है। हम असेम्बली से लेकर

पार्लियामेंट तक की ईंट-ईंट बजा देंगे। गरम आवाज उठने भर की देर थी। स्कूल कमिटी और शिक्षा अधिकारी बगलें झाँकने लगे। बिना रोकटोक के हमें तनख्वाह मिल गयी। कुछ भी पाने के लिए पहले अपने को मजबूत बनाना होता है। गिड़गिड़ाने से कुछ नहीं मिलता।

हमारे प्रधानाचार्य विद्याधर राय का जैसा आतंक पहले था, वैसा अब नहीं रहा। परिस्थितियों ने उन्हें भी बदल दिया है। वे मुझे अच्छी तरह जानते हैं कि मैं क्या हूँ। एक बार उन्होंने मुझे टोका था कि दो महीने से मैंने दसवीं क्लास को कुछ नहीं पढ़ाया है। मेरा जवाब था—क्या हो गया, नहीं पढ़ाया तो ? मैं स्कूल तो आता हूँ ! ऐसा नहीं है कि मैं अपने घर बैठा रहता हूँ। और छात्रों का क्या, परीक्षा के दो-चार दिन पहले उन्हें कुछ महत्त्वपूर्ण प्रश्न चाहिए। बाजार में इतनी नोट-कुंजियाँ बिकती हैं। उनसे ही उनका बेड़ा पार लग जाएगा। उन्हें कौन-सा विद्याधर या डा॰ राजेन्द्र प्रसाद बनना है। देश की गाड़ी के साथ शिक्षा विभाग की भी गाड़ी बँधी है। चाल बराबर है। इंजन से तेज रेलडब्बा नहीं दौड़ सकता।

भारत सपनों और आदर्शों का देश है। यहाँ उन लोगों की संख्या अधिक है जो ऊपर टकटकी बाँधे आकाश-कुसुम तोड़ने की लालसा में छटपटाते रहते हैं। यदि ऐसी लालसा हम आज की छात्र-पीढ़ी में पैदा करेंगे तो फिर इस देश का क्या होगा। इसलिए मैं अपने छात्रों को ऋषि-मुनि, दार्शनिक-चिन्तक और महापुरुषों की बातें कम बताता हूँ। यथार्थ की धरती पर पाँव टिकाकर वे अपने भोजन के लिए एक पाव आटे का इन्तजाम करने लायक बन जाएँ, यही बहुत है।

रामेश्वर जी जैसे शिक्षक व्यर्थ के भ्रमजाल में पड़े रहते हैं। लगता है, ईश्वर ने उन्हें सिखा-पढ़ाकर धरती पर भेजा है कि वे शिक्षा-जगत् में क्रांति ला दें। प्रत्येक शिष्य को आदर्शवादी बना दें। लेकिन वे जनाब सिद्धांतों और नैतिक मूल्यों के जाल में फँसकर आज तक न तो अपना मकान बनवा सके और न अपनी जिम्मेदारियों से मुक्त हो सके। उनके चेहरे पर देखिए तो लगेगा, हमेशा बारह बजे हैं। ऐसे लोग जिस संस्था में भी रहेंगे, दूसरों को धर्म-संकट में डालते रहेंगे। जिन्दगी को जिस मौज की जरुरत है, वह उनके पास कहाँ। हर सुबह उनके लिए शाम है। वे कभी कोई क्लास नहीं छोड़ेंगे और छात्रों को बाँधकर रखेंगे। एक दिन येही छात्र जब विद्रोही बन जाएँगे तब उन्हें शांत कराने हमें आना पड़ेगा। अनुशासन जब अस्वाभाविक बंधन बन जाता है, तब असंतोष की चिनगारी फूटने लगती है। इस सत्य को रामेश्वर प्रसाद क्या जानें।

मैं जानता हूँ कि समय की क्या वास्तविकता है। बड़े-बड़े आदर्शवादी शिक्षकों को मैं देख चुका हूँ। बेचारे इस महँगाई में छोटी-छोटी सुविधाओं के लिए

तरसते रहते हैं। मैंने अपने कई मित्रों को समझाया है कि ज्यादा आइडियल बनने की जरुरत नहीं। मास्टरी के साथ दूसरे धंधे भी कर लेने चाहिए। लोगों की आलोचना पर ज्यादा कान देने का मतलब है, अपने को दुःखी करना। आदर्श के कोहरे में भटक-भटक कर मैं अपने को दुःखी करता रहूँ, यह मुझे पसन्द नहीं। हर आदमी को अच्छा घर चाहिए, बढ़िया वस्त्र चाहिए और स्वादिष्ट भोजन चाहिए। सुख इसी को कहते हैं। दुःख भोगने कोई नहीं आता इस संसार में।

मेरे शरीर पर कीमती कपड़े, चमचमाते जूते, विदेशी घड़ी-चश्मे और मेरा सुख-चैन देखकर बहुत लोग मुझसे ईर्ष्या करते हैं। कुंठित होते हैं। यह उनका दुर्भाग्य है। ऐसे दुर्भाग्य के जो मारे हैं, वे कभी प्रसन्न नहीं रह सकते। उनमें ही एक यह रामेश्वर प्रसाद हैं।

तीन

प्रतिमा की प्रबल इच्छा है कि शहर में हम लोगों का एक अपना मकान हो। छह वर्ष पहले एक प्लाट खरीदा था। किन्तु साधन नहीं जुटा कि मकान बनवा सकूँ। कई बार सोचा कि पूरा नहीं तो कम से कम दो ही कमरे बनवा कर किराए के मकान से मुक्ति पाऊँ। पर इतना भी हो पाना इस मास्टरी में कठिन लगता है।

प्रतिमा बार-बार मेरे सामने दिनेश कुमार का उदाहरण देती है। वह मुझ पर हँसती है। क्या मेरा मास्टर होना उसकी निगाह में हास्यास्पद है ? मैंने उसे कई बार समझाया है और अपनी स्थिति स्पष्ट की है किन्तु वह क्यों समझ सकेगी। पत्नी यदि पति को ठीक-ठीक समझने लगे तो फिर जिन्दगी के आधे कलह अपने आप खत्म हो जायँ। वह कहती है कि दिनेश कुमार जी अधिक सूझ-बूझ वाले आदमी हैं। इस शहर में उनके दो मकान हैं। तीसरा बनवा रहे हैं। अपने गाँव में भी खेत-जमीन खरीदते हैं। उनकी क फैक्ट्री भी है।

ये सब सुनते-सुनते मेरे कान पक गए हैं। अपनी पत्नी को मैं कैसे समझाऊँ कि दिनेश कुमार जैसे शिक्षक संसार के सारे धंधे करते हैं सिर्फ पढ़ने-पढ़ाने का काम छोड़कर।

अधिक मनोवैज्ञानिक होना अपने को कष्ट में डालना है। इसी भय से प्रतिमा को मैं नहीं समझा पाता। यदि वह समझने को तैयार होती तो मैं कहता—तुम मेरी पत्नी हो। मेरी सीमाएँ भली-भाँति जानती हो। तुम लालसाओं में आकाश को छूना चाहती हो किन्तु तुम्हारी स्थिति एक ऐसे मास्टर से बँधी है जो धरती पर खड़ा है। समय आयेगा तो मकान भी बन जाएगा। अभाव को कष्ट मत मानो।

अभाव मनुष्य को कर्मठ बनाता है।

घर में उन दिनों ये ही सब बातें चल रही थीं कि एक दूसरी समस्या आ खड़ी हुई। मेरे बड़े बेटे का चुनाव नागपुर के एक इंजीनियरिंग कालेज में दाखिले के लिए हो गया था। प्रतिमा की खुशी का ठिकाना नहीं रहा। आलोक खुश था। मैं भी प्रसन्न था किन्तु चिन्ता के साथ। अपने पुत्र की सफलता पर कौन पिता प्रसन्न नहीं होगा !

मेरा ध्यान तत्काल रुपए-पैसे की व्यवस्था की ओर गया। आलोक को सप्ताह भर के भीतर नागपुर जाकर अपना नाम लिखाना होगा। वहाँ होस्टल में रहना होगा। सात हजार रुपए की जरूरत थी। चिन्ता हुई, इतनी राशि का इन्तजाम इतने थोड़े समय में कैसे हो पाएगा।

लोग मुझे बधाई दे रहे थे। आलोक के चेहरे पर गर्व झलक रहा था। प्रतिमा उत्साह में थी। चिंतित केवल मैं था। परिवार के प्रधान की चिन्ता की नींव पर ही परिजनों की प्रसन्नता का प्रासाद खड़ा होता है।

पाँच रोज में सात-आठ हजार की व्यवस्था करनी थी। प्रतिमा के पास जो आभूषण थे उन्हें मैंने अपने छोटे बेटे की बीमारी में बेच दिया था। आभूषण देकर बेटा मिला था। कई मित्रों को टटोला। संकट के समय मित्र भी मुस्कुराना छोड़ देते हैं। अपने अभाव के फावड़े से जब दूसरे घरों को खोदा तो पाया कि वहाँ भी अभाव पहले से ही जड़ जमाए हुए है। केवल दो-ढाई हजार मिलने की उम्मीद बनी।

रातभर उधेड़-बुन में पड़ा रहा। किससे कर्ज लूँ। मास्टरों में कई चेहरे याद आए किन्तु किसी पर भरोसा नहीं हुआ। अपना रोना लेकर जाऊँ और वहाँ दूसरे की रुलाई घंटेभर सुनता रहूँ। मिले कुछ नहीं। फिर दिनेश कुमार याद आए। नहीं, उनके पास नहीं जाऊँगा। आलोक का एडमिशन हो या न हो, दिनेश के सामने गिड़गिड़ाने नहीं जाऊँगा। क्या पता कैसा जवाब मिले। उनसे मेरा मन नहीं मिलता। इतने वर्षों में जब रुपए-पैसे का कोई सम्बन्ध उनसे नहीं रखा तो फिर आज क्या जाना। मैं अच्छी तरह जानता हूँ कि वे कैसे आदमी हैं। उन्हीं के कारण स्कूल में मेरी कई बार हँसी उड़ी है। हेडमास्टर साहब से उन्होंने ही मेरी चुगली की। अपमान और निरादर के उन क्षणों को भुलाकर मैं दौड़ा जाऊँ—दिनेश जी, मुझे कुछ कर्ज चाहिए।

बहुत सोचा। अनेक विकल्पों की ओर दृष्टि दौड़ायी। ऐसे क्षणों में मति भी कुन्द हो जाती है। स्वार्थ इतना आतुर था कि मैं स्वयं को पहचान पाने में असमर्थ था। अंत में मेरे कदम दिनेश कुमार के घर की ओर बढ़ ही गए।

मन में आवाज उठी—तुमने दिनेश कुमार के प्रति जितनी दुर्भावनाएँ पाल रखी हैं, वे सारी सच हों, यह आवश्यक नहीं। मनुष्य अपने ही पूर्वाग्रहों की बेड़ी

में दूसरों को बाँधता और मुक्त करता चलता है। यह उचित नहीं। अब इसका भी प्रमाण मिल जाएगा। मिलते ही पूछूँगा—दिनेश जी, आप कैसे हैं ?

पूछकर मैं मुस्कुरा पड़ूँगा। किन्तु दिनेश कुमार इतने मूर्ख नहीं हैं जो मेरे अंदाज को भाँप न सकें। अभी कल ही हम स्कूल में मिले थे। रोज ही मिलते हैं। वे नवीं कक्षा के सामनेवाले बरामदे में बैठे अखबार पढ़ रहे थे और मैं सातवीं कक्षा को पढ़ाकर निकला था। तब तो मैंने उनका हाल पूछा नहीं। रातभर में यह कैसा बदलाव कि मैं उनके आवास तक आ गया केवल उनका हाल पूछने !

दिनेश शायद कह पड़ें—सुनाइए, कैसे आना हुआ ?

गरजमन्द के लिए ऐसे सवाल का जवाब देना मुश्किल होता है। सुनते ही वह एक मुट्ठी का हो जाता है। स्वार्थ के मूल्य पर कौन स्वाभिमानी बौना बनना चाहेगा। परन्तु मेरी आर्थिक स्थिति आज मुझे बौना बना रही थी। इतनी बड़ी बात घटित हो रही थी फिर भी मैं अपने को सँभाल नहीं पा रहा था। ऐसी जड़ता आश्चर्यजनक थी।

दरवाजा खुलते ही दिनेश कुमार निकले और मुझे देखकर बोले—रामेश्वर बाबू ! आप इस समय ? कुशल-मंगल तो है ?

"कुशल ही है दिनेश जी। इधर से गुजर रहा था कि एक काम याद आ गया। आपकी ओर मुड़ गया।"

यह क्या निकल गया मेरे मुँह से ! इतना झूठ मैं कैसे बोल गया। कैसा बहाना ढूँढ़ा ! इतनी सुबह मैं क्या कहीं और जा रहा था जो यों ही गुजरने की बात कह गया ? सच-सच कह देता कि देखो भाई, तुम्हारे ही पास आया हूँ। सीधे अपने घर से आ रहा हूँ। तब क्या मेरी प्रतिष्ठा पर कोई आँच आ जाती ?

"तो बताइए !"

दिनेश मेरे सामने बैठ चुके थे। मैंने कहा—ऐसा है कि मैं एक बड़े जरूरी काम से आया हूँ। इस घड़ी आप ही मेरी मदद कर सकते हैं।

"ऐसी कौन-सी जरूरत आ पड़ी ?"

दिनेश मुस्कुरा तो रहे थे किन्तु उनकी सचेत आँखें मेरे चेहरे पर कुछ ढूँढ़ रही थीं। संभव है, यह उनकी मात्र जिज्ञासा हो। या मैं ही इतना आत्म-चैतन्य था कि मुझे ऐसा महसूस हो रहा था। जीवन में कर्ज माँगने का यह मेरा पहला अवसर नहीं था अथवा ऐसा भी नहीं था कि कर्ज माँगने के पहले जिस कौशल और साहस की अपेक्षा होती है, उसका मैं पूर्वाभ्यास कर रहा था। आज की आर्थिक तंगी में ऐसा पूर्वाभ्यास सभी को करना होता है।

मैंने कहा—आलोक का इंजीनियरिंग में दाखिला कराना है। पाँच हजार रुपए की जरूरत है। आप व्यवस्था कर दें तो कृपा होगी।

यह 'कृपा' शब्द का चुनाव ही गलत हो गया। कृपा करनेवाला तो बहुत

महान् होता है और कृपापात्र से उसकी बड़ी दूरी होती है। हम दोनों इतने दूर कहाँ हैं। एक ही स्कूल के शिक्षक हैं। हाँ, इनकी माली हालत अच्छी है। लेकिन धन पाकर कोई कृपालु का पद नहीं पा जाता ! हम पढ़े-लिखे लोग कभी-कभी बहुत गलत बोल जाते हैं। क्या हो जाता यदि मैं इतना ही कह देता—इस घड़ी आपकी सहायता चाहिए। औपचारिकताएँ हमें मिथ्यावादी बना देती हैं।

दिनेश के चेहरे पर कोई जिज्ञासा नहीं थी। बोले—यह बड़ी खुशी की बात है। स्कूल में कल चर्चा थी। चलिए आपका बेटे को पढ़ाना-लिखाना सफल हुआ। मेरा रमेश इस बार भी रह गया। सोचता हूँ—विज्ञान की पढ़ाई छुड़वा दूँ। आलोक कब लेगा एडमिशन ? नागपुर जाएगा न ?

"हाँ-हाँ। रुपए की व्यवस्था होते ही मैं उसे भेज दूँगा। समय कम है। कुछ कीजिए।"

"जरूर मास्टर साहब ! यह तो खुशी का मौका है। कल रुपए की व्यवस्था हो जाएगी।"

दिनेश जी के घर से लौटते समय मुझे लगा, जैसे मैं यहाँ ज्वरग्रस्त होकर काँपता हुआ आया था और अब पूर्ण स्वस्थ होकर दौड़ता हुआ लौट रहा हूँ। पैरों की यह फुर्ती आते समय कहाँ छिप गयी थी !

मैंने भी क्या-से-क्या सोच लिया। दिनेश जी के व्यक्तित्व पर उछालने के लिए मैं मन ही मन इतना कीचड़ क्यों बटोरता रहा। मुँह से बात निकाली नहीं कि बेचारे ने कह दिया—कल रुपए की व्यवस्था हो जाएगी। बड़े विश्वासपूर्वक उन्होंने मुझे आश्वस्त किया। ऐसी आश्वस्ति दुनिया के कितने लोग दूसरों को दे पाते हैं।

मुझे प्रसन्न मुद्रा में देखकर प्रतिमा कुछ चकित-सी थी। मेरे मुखमंडल से वह समझ गयी कि समस्या का हल निकल आया है।

"कहाँ गए थे ? व्यवस्था हो गयी ?"

"हाँ भाई ! होगी क्यों नहीं ! तुम तो मुझे बिल्कुल निकम्मा ही मान बैठी हो। मैं कहता था न कि घर से मुझे निकलने भर की देर है। कहीं-न-कहीं से रुपए लाऊँगा ही।"

पत्नी ने सामने नाश्ता रख दिया। मैंने देखा ही नहीं कि तश्तरी में क्या है। हाथ बढ़ाकर उठाया, खाने लगा। जीभ स्वाद भूल गयी थी, आँखों की दृष्टि लुप्त हो गयी थी। मन झूले पर था। जी करता था, प्रतिमा से अभी इसी समय कुछ कहना है। जो कुछ भी कहना है किन्तु कहना है। इसको ही उल्लास कहते हैं।

गिलास का पानी पीकर मैंने कहा—आदमी का मन भी क्या चीज है !

"क्या बात हो गयी ?" प्रतिमा ने पूछा।

"अरे बात क्या होगी ? हम पढ़े-लिखे लोग किसी के बारे में बहुत जल्द गलत धारणाएँ बना लेते हैं। सच प्रतिमा, आज मुझे ऐसा लगा जैसे मैं दिनेश कुमार के सामने नहीं किसी और के सामने खड़ा हूँ। क्या-क्या सोचकर गया था उनके पास। जाते समय अपने से ही संवाद करता रहा। दिनेश की उदारता ने मुझे बर्फ की तरह पिघला दिया। जो क्षोभ वर्षों से बैठा था वह पंख लगाकर उड़ गया।"

प्रतिमा अवाक् मेरी ओर देखती रही। अवश्य सोच रही होगी कि ये पतिदेव भी खूब हैं—क्षणे रुष्टा, क्षणे तुष्टा, का हाल है। अभी कल तक दिनेश कुमार उनकी दृष्टि में शिक्षा-जगत् के माथे पर कलंक के समान थे। आज देवता हैं।

हाँ सचमुच, मैं कह रहा हूँ कि मास्टर दिनेश कुमार साधारण आदमी नहीं हैं। आज के युग में जो दूसरों के कष्ट को समझे, विवशता को अनुभव करे और सहायता के लिए हाथ बढ़ा दे, वह देवता हो चाहे न हो, मनुष्य से बड़ा अवश्य है। नहीं तो उनका स्वार्थ क्या था ! दूसरे दिन मैं गया और पाँच हजार रुपए लेकर आ गया। उसमें स्वार्थ मेरा था, त्याग उनका था। मुझे तब और भी आश्चर्य हुआ जब मैंने कहा—कोई कागज मुझसे लिखा लीजिए।

मेरा कंधा पकड़ मेरी ओर झुक गये दिनेश और बोले—रामेश्वर बाबू, आप मुझे शर्मिंदा कर रहे हैं ? कागज किससे लिखवाया जाता है। जो पराया होता है। यदि मैं आपसे ऐसी अपेक्षा करूँगा तो वह मेरे मन का पाप होगा।

"पाप !" कहकर मैं मुस्कुराया। "नहीं भाई, यह पाप नहीं, आप परोपकार कर रहे हैं। परोपकारी पापी नहीं होता। बल्कि परोपकार की लपट में बड़े-बड़े पाप भी जलकर भस्म हो जाते हैं। मैं इसलिए कह रहा था कि यह दुनिया का रिवाज है। फिर एक सबूत रहता है लेन-देन का। जीवन का क्या भरोसा।"

"बस बस और ज्यादा कुछ न कहिए। समझिए कि न मैंने कुछ दिया, न आपने कुछ लिया।"

और भी बातें हुईं। मन में अपने को कोसता मैं घर आया। दिनेश को मैं कितना गलत समझ बैठा था।

जिस दिन बेटा नागपुर के लिए प्रस्थान कर रहा था मैंने उसे बुलाकर कहा—आलोक ! गाड़ी में अभी दो घंटे की देर है। नागपुर जा रहे हो। जरा दिनेश चाचा से भी मिल लो। प्रणाम कर आ जाओ।

"क्या ?" आलोक मेरी ओर आश्चर्य से देख रहा था।

"हाँ, देख क्या रहे हो ? बड़ों का आशीर्वाद पाना सौभाग्य कहलाता है। खड़े क्या हो, जाओ मिल आओ।"

आलोक जाकर दिनेश कुमार से मिल आया।

आलोक ने भी सोचा होगा कि उसके पिता में यह कैसा परिवर्तन। लेकिन उसे क्या पता कि जीवन में कैसे-कैसे उतार-चढ़ाव आते हैं। अभी तो उसके

खेलने-खाने के दिन हैं।

आलोक ने इंजीनियरिंग कालेज में प्रवेश ले लिया। मैं निश्चिंत हुआ। मैं रोम-रोम से दिनेश कुमार के प्रति कृतज्ञ था।

स्कूल में हेडमास्टर साहब के अलावा कुछ मास्टरों से भी यह बात छिपी नहीं रही कि आजकल मैं और दिनेश जी एक दूसरे के नजदीक आ गये हैं।

इन मानवी जिज्ञासाओं का पेट भूखा ही रह जाता यदि समाज में आए दिन नयी-नयी घटनाएँ न घटती होतीं। हम समझते हैं कि वे हमारी ओर से निरपेक्ष और उदासीन हैं। शायद ऐसी बात नहीं। वे लोग सोए-सोए-से लगते हैं जरूर लेकिन वास्तव में वे हमारे प्रति जागरूक रहते हैं। मेरे बेटे के नागपुर जाते ही लोग आपस में एक-दूसरे से पूछने लगे कि रामेश्वर बाबू ने पैसे का प्रबन्ध कहाँ से किया।

सुनने में आया कि हेडमास्टर विद्याधर राय के पास चाय पीने के बहाने कुछ टीचर ऑफिस में बैठे थे। बॉस के पास बैठना एक प्रतिष्ठा है। बैठक में बात चल पड़ी कि रामेश्वर जी को अचानक पैसे कहाँ से मिल गए।

चपरासी ने एक मास्टर को यह भेद की बात बता दी थी। दिनेश जी ने दूसरे दिन उसी चपरासी को बैंक भेजकर चेक भुनवाया था। बात ही बात में कह दिया था कि यह पैसा रामेश्वर बाबू को देना है। बैठक में बात खुल गयी। जिज्ञासा में फूलते पेट स्वस्थ हो गये। दूसरे मास्टर यह भेद जानकर निराश हुए। मेरे और दिनेश जी के उदासीन सम्बन्धों को लेकर पहले जो लोग रसास्वादन किया करते थे, उनके आनन्द में कमी आ गयी। मनुष्य का स्वभाव है कि वह अपने आनन्द के स्रोतों का विस्तार करता चलता है। इन्हीं कार्यों में लोग अपने जीवन की सार्थकता मानते हैं।

एक दिन चपरासी ने मुझे बताया कि मेरे बारे में सुनकर अमरकान्त जी ज्योग्राफी मास्टर दिनेश जी के घर कर्ज माँगने चले गए। उनको अपने घर में खिड़की-दरवाजे लगवाने थे। दिनेश जी ने उनसे कहा—अमरकान्त जी, आप बूढ़े हुए। अगले साल रिटायर होनेवाले हैं। अब कर्जे वर्जे के चक्कर में क्यों पड़ते हैं ? वैसे भी पके आम-जैसे लोगों को कर्जे देने का जोखिम मैं नहीं उठा सकता।

अमरकान्त जी ताकते रह गये। बात कुछ समझ में आई, कुछ नहीं आई। दिनेश जी ने साफ-साफ समझा दिया—पके आम का क्या भरोसा, कब टपक जाय। आपका स्वास्थ्य ठीक नहीं रहता।

अमरकान्त जी गुस्से में भुनभुनाते हुए लौट आए। उन्होंने अपने बुढ़ापे को कम कोसा और दिनेश को ज्यादा। दिनेश को सबक सिखाने का संकल्प लिया। उनके मानस में सबसे पहला चित्र मेरा ही बना था। उन्होंने मुझसे दिनेश जी के

प्रति उलाहना दिया। मैंने उन्हें समझाया। दिनेश जी ऊपर-ऊपर कठोर-से लगते हैं, लेकिन हैं दयालु।

"दयालु !" मेरे ही शब्द को अपने मुखमंडल की विकृति में ध्वनित कर अमरकान्त जी बोल पड़े।

वे दिनेश जी के विरोध में बहुत कुछ कहते रहे।

चार

सुविधाएँ पाकर शरीर कष्टभीरु बन जाता है। मन को तो हमेशा कोई न कोई बहाना चाहिए। कहाँ कभी मैं मारा-मारा फिरता था। नौकरी या व्यापार की तलाश में था। तब जितनी मेहनत करने के लिए तैयार रहता था, आज वह बात नहीं रही। मेरी स्थिति का प्रभाव मेरे बच्चों पर मुझसे ज्यादा पड़ा है। जो धन मैंने जोड़ा, अथवा अपनी बुद्धि से इतनी सम्पत्ति का स्वामी बना उसके इतिहास के पन्नों को उलटने के लिए मेरे बच्चे तैयार नहीं।

कुछ दिनों से मुझे महसूस हो रहा है कि मनुष्य के लिए अपना सम्मान ही सबकुछ नहीं होता। वह बहुत कुछ और भी चाहता है। मेरे दोनों बेटे आवारागर्दी की राह पर हैं।

जिस दिन सुना कि रामेश्वर जी के पुत्र आलोक का चुनाव इंजीनियरिंग के लिए हो गया है उस दिन मुझे अपने बेटे याद आए। दूसरों की तुलना से आत्मनिरीक्षण की प्रेरणा मिलती है। मैं सोचने लगा कि आखिर अपने बेटे को पढ़ाने-लिखाने में मैंने कौन-सी कोर-कसर रखी है जो वह मैट्रिक की परीक्षा में एक बार और इंटर में दो बार फेल हुआ। कहीं मेरी जुटाई सुविधाओं ने ही तो उसको निष्क्रिय नहीं बना दिया। जब जिस चीज की जरूरत पड़ी, वह उसे आसानी से मिलती गयी। मैंने कोई अभाव नहीं होने दिया। सुख जुटाने में चाहे मैं दूसरों की निगाह में बदनाम ही हुआ। मास्टरी तो एक बहाना है। उसमें क्या कोई पा लेगा। बिना दूसरे धंधे किए आज के युग में सुख कहाँ मिलता है।

जिस दिन आलोक की खबर सुनी उसी संध्या में मैंने रमेश से पूछा—क्यों भाई, पढ़ाई-लिखाई का क्या हाल है ? इस साल निकलोगे या पिछले साल वाला ही हाल होगा ?

रमेश मोटर साइकिल पोंछ रहा था। कहीं जाने की तैयारी में था। आज मेरी निगाह में वह ज्यादा बड़ा और एक बेकार-सा आदमी लग रहा था। मुझे अपने धन की बर्बादी का कष्ट काँटे की तरह चुभने लगा था।

बढ़ी दाढ़ी-मूँछ में वह बड़ा तो लगता ही था, मुझे मेरा बेटा शोषक भी

लगा। उसको मैंने इसलिए नहीं जन्माया था कि वह जीवनपर्यन्त मेरे श्रम-रस से फलता-फूलता रहे। निज बुद्धि-बल से आगे बढ़ता तो मुझे खुशी होती।

रमेश अब मेरी बहुत-सी बातों का जवाब देना जरूरी नहीं समझता था। जैसे-जैसे वह बड़ा होता जा रहा था, मेरी बातों का अर्थ उसकी दृष्टि में महत्त्वहीन होता जा रहा था। कभी-कभी वह मेरी उपेक्षा भी करने लगा था।

मैं चुप रहा। वर्षों चुप रहा। मन जब कुढ़ता तब मैं प्रतिमा पर बिगड़ता था। अंत में डोनेशन देकर कर्नाटक के एक इंजीनियरिंग कॉलेज में मैंने उसे भर्ती करा दिया। पत्नी को संतोष हुआ। वह मधुर सपने देखने लगी।

ज्यादा समय नहीं लगा। बेटे का परिश्रम सामने आ गया। वह पास नहीं हो सका और घर लौट आया।

ढाक के तीन पात।

रमेश अब प्लास्टिक फैक्ट्री को देखता है। दूसरा बेटा हरीश शुरू से ही मन्द-बुद्धि रहा। कई डाक्टरों को दिखाया। सत्रह साल का हो गया, वह रुपए-पैसे तक नहीं गिन सकता।

धन और मेरे उद्यम ने मुझे प्रतिष्ठा दी। परन्तु आगे का अँधेरा दूर नहीं हुआ। रामेश्वर जी का बेटा अब सरकारी इंजीनियर है। उनकी माली हालत पहले से बेहतर है।

थोड़े ही दिनों में रामेश्वर प्रसाद मेरा एहसान भूल गये। मैंने चाहा कि वे अपने बेटे की शादी मेरे उस परिचित मित्र की लड़की से कर दें। मैंने खुलकर उनके सामने प्रस्ताव भी रखा। लड़की सुन्दर और पढ़ी-लिखी थी। परिवार सुशिक्षित था। इंजीनियर बेटे के लिए यह सर्वथा सुन्दर प्रस्ताव था।

मेरे प्रस्ताव पर रामेश्वर पहले तो मुस्कुराए। जैसे में उनसे कोई विनोद की बात कर रहा हूँ। बाद में गंभीर होकर मुझे जवाब दिया—

"लड़के से पूछकर कहूँगा।"

लड़के से पूछने में दो महीने निकल गये। लड़की के पिता कई बार मेरे पास आए और निराश लौटे। मुझे रामेश्वर की मंशा पर शक होने लगा। टालमटोल करनेवाला आदमी साफ नहीं होता। मिसरी घुले वचन में विष के स्वाद का पता नहीं चलता।

रामेश्वर को पहचानने में मैंने भूल की। मैं उन्हें अपना आत्मीय समझ बैठा था। सोचा था, मेरे दुःख-सुख में वे काम आएँगे। जहाँ मेरी प्रतिष्ठा पर आँच आएगी वहाँ वे मेरी सहायता करेंगे। लेकिन रामेश्वर ने मुझे कई अवसरों पर धोखा दिया।

शिक्षक संघ की बैठक में तय हुआ था कि यदि हमारी तनख्वाह की बकाया राशि हेडमास्टर जल्द भुगतान नहीं करते तो हम हड़ताल कर देंगे। उस दिन कोई टीचर स्कूल नहीं आएगा। उस संकल्प-पत्र पर बहुत-से शिक्षकों ने हस्ताक्षर कर

दिए। जब मैं रामेश्वर प्रसाद के पास गया तो वे मुझे देखकर मुस्कुराए।

"मुस्कुरा क्या रहे हैं। हस्ताक्षर कीजिए इस पर।"

"बहुत जल्दी है क्या ?" उन्होंने पूछा।

"औरों से भी हस्ताक्षर कराने हैं।"

"आपको विश्वास है कि सभी लोग हस्ताक्षर कर देंगे ?"

"बिल्कुल विश्वास है। इसमें सभी का कल्याण है। आप कीजिए तो सही।" मैंने कागज उनके सामने बढ़ा दिया।

"मैं इस प्रस्ताव पर सोचूँगा।"

उनका उत्तर सुनकर मैं आश्चर्य में पड़ गया। रामेश्वर प्रसाद कह क्या रहे हैं।

"क्या अब्र भी कुछ सोचने को रह जाता है ? पूरे-स्टाफ की बैठक में यह फैसला लिया गया है कि हमारा पैसा शीघ्र हमें मिले नहीं तो पढ़ाई नहीं होगी।"

"इस फैसले पर अमल थोड़े दिन और रोका जा सकता है। छात्रों की परीक्षा समीप है।"

"रामेश्वर जी, देर होने पर ऐसे फैसलों का असर खत्म हो जाता है।"

"फिर भी दिनेश बाबू, छात्रों के भविष्य से खिलवाड़ करने की हमें छूट नहीं है। पैसा तो कभी न कभी हमें मिल ही जाएगा।"

"आप भूल जाते हैं कि लोहा जब गरम हो तभी उसे पीटना चाहिए।"

"लेकिन ऐसे लोहे को नहीं जो छिटककर हमारे अपने ही किसी अंग को घायल कर दे। सिद्धांत सही हो सकते हैं। किन्तु अनकी सार्थकता परिस्थिति-सापेक्ष है। किसी किसी अवसर पर कुछ सिद्धांत थोथे साबित होते हैं।"

"तो मेरा सोचना थोथा है ?"

"यह मैं अपने मुँह से कैसे कहूँ ?"

"ठीक है, मत कीजिए हस्ताक्षर। हमारे संगठन के बीच फूट डालनेवाले आप ही जैसे—टीचर होते हैं। आप खुद ही अपने हक पर कुल्हाड़ी चला रहे हैं। लेकिन सुन लीजिए कान खोलकर। यह हड़ताल होगी। स्कूल की पढ़ायी ठप होगी। मैं देखूँगा कि आप कैसे पढ़ा पाते हैं।"

मैं गुस्से से तमतमा गया था। उठ खड़ा हुआ। रामेश्वर बर्फ की तरह जमे बैठे रहे। बोले—

"छात्रों में पढ़ने की इच्छा होगी तो वे कहीं भी पढ़ लेंगे।"

"वह भी देख लूँगा।"

मैं लौट आया।

रामेश्वर प्रसाद के इशारे पर कुछ और शिक्षकों ने भी हड़ताल से बायकाट

किया। विद्यालय में पूर्ण हड़ताल का मेरा प्रयास सफल नहीं हो सका।

रामेश्वर प्रसाद ने स्कूल बन्द होने के बाद भी कुछ छात्रों को स्कूल के लॉन में पढ़ाया। हड़ताल का विफल होना मेरा अपना अपमान था। उसकी आग में मैं आज भी जल रहा हूँ। मेरी चलती तो मैं ऐसे शिक्षक को विद्यालय से बाहर कर देता। ऐसे आदमियों का क्या भरोसा है।

हेडमास्टर विद्याधर राय मुझसे कहते हैं, अब विद्यालय परिवार को सँभालना कठिन होता जा रहा है। अनुशासन गिर रहा है। चपरासी तक नियमों का पालन नहीं करते। बड़ा बाबू छात्रों से रिश्वत ऐंठते हैं। एक एस॰ एल॰ सी॰ को देने में वे कम से कम पचास का नोट ले लेते हैं। मास्टर लोग पढ़ाना नहीं चाहते। मास्टरी उनके लिए पेंशन है। घर का काम जरूरी होता है।

अब उनसे कौन कहे कि ये सब व्यर्थ के प्रलाप हैं।

कहते-कहते वे रामेश्वर प्रसाद की प्रशंसा भी करने लगते हैं। मैंने एक बार उन्हें बीच में ही टोक दिया—हेडमास्टर साहब, भगवान ने आपको आँखें दी हैं। लेकिन यह जरूरी नहीं कि आप सब कुछ सही-सही ही देखते हैं। अभी आपने रामेश्वर को ठीक से नहीं पहचाना।

हेडमास्टर निरुत्तर हो गये। वे मेरे सामने अपने को दबा-दबा-सा महसूस करते हैं। इस विद्यालय का मैं प्रधान नहीं हूँ किन्तु प्रधान की शक्तियाँ मुझे प्राप्त हैं। राय जी मेरा समर्थन नहीं करेंगे तो जाएँगे कहाँ !

पाँच

मैं विद्याधर राय हूँ—इस स्कूल का हेडमास्टर।

इस विद्यालय में मैं अट्ठाईस वर्षों से हूँ। बीस वर्षों से हेडमास्टर हूँ। दो वर्ष रह गए अवकाश ग्रहण करने के। पूरे स्टाफ को मैंने अपने परिवार के समान माना। फिर भी यश मुझसे कोसों दूर रहा। मेरे नाम पर मुर्दाबाद के नारे लगे। विद्यालय की पढ़ायी ठप की गयी। केवल छात्रों ने ही नहीं, शिक्षकों ने भी मर्यादा का उल्लंघन किया।

शिक्षा-संस्थानों में पहले यूनियनबाजी नहीं थी। जब सरकारी गुम्बद से लेकर नीचे तक का वातावरण विषाक्त हो रहा है, विरोध-प्रदर्शन, बन्द, हड़ताल से देश गूँज रहा है तब मेरा यह छोटा-सा विद्यालय कैसे अछूता रह सकता है। दूसरी-तीसरी कक्षा के बच्चों तक को देख लीजिए, वे सब भी बन्द और हड़ताल का अर्थ समझने लगे हैं। नेताओं के दिए नारों को ये अबोध बच्चे पहाड़े की तरह रटते रहते हैं।

दिनेश कुमार को मैंने बहुत समझाया कि वे विद्यालय में पढ़ायी ठप नहीं कराएँ, किन्तु वे नहीं माने। बात छोटी-सी थी। दिनेश कुमार और शिवकुमार सिन्हा स्कूल के लॉन में धूप में बैठे बात कर रहे थे कि एक चपरासी से पान लाने को कहा गया। चपरासी ने पैसा माँगा। शिवकुमार सिन्हा को बुरा लगा। बात बढ़ी और उनमें गाली-गलौज हो गयी। चपरासी ने भी गाली दी। इस पर दिनेश कुमार ने उसे पकड़कर पीट दिया। इस अपमान के विरोध में चपरासी अनशन पर बैठ गया। समस्या खड़ी हो गयी कि स्कूल की घंटी कौन बजाए। दिनेश कुमार के दल का हठ था कि जब तक उस चपरासी को सस्पेंड नहीं किया जाता तब तक उनके शिक्षक अपनी कक्षाओं को नहीं पढ़ाएँगे।

सभी से प्रार्थना करके मैं थक गया। कोई अपने हठ से रत्तीभर भी टस-से-मस होने को तैयार नहीं था। उन दिनों का क्रष्ट मैं ही समझ सकता हूँ। किसी शिक्षा-संस्था का प्रधान होना वास्तव में एक बड़ी यंत्रणा को भोगना है। भाँति-भाँति की समस्याओं में मन उलझा रहता है और मान-अपमान के ओले प्रतिक्षण सिर पर पड़ते हैं।

समय अच्छा नहीं है। शिक्षा-संस्थाओं में अशांति और अव्यवस्था आए दिन अपना विकट रूप धारण करने लगी हैं। कुछ लोग अपने अहंपूर्ण स्वार्थ की साधना ही सर्वोपरि हित समझते हैं। रामेश्वर बाबू, सुनील राय तथा प्रहलाद भगत ने थोड़ी कोशिश की कि विद्यालय में कक्षाएँ लगें लेकिन वे विफल रहे। दुष्ट प्रवृतियाँ हावी रहीं।

स्थिति बिगड़ने पर स्थानीय अभिभावक हस्तक्षेप के लिए आ दौड़े। उप-शिक्षा जिलाधिकारी तीन बार आए। कमिटी के अन्य सदस्यों ने पूरा-पूरा प्रयास किया किन्तु हड़ताल नहीं टूटी।

हड़ताल उस दिन टूटी जिस दिन दिनेश कुमार के साथ सौदेबाजी हुई और उन्हें आश्वासन मिला कि मेरे अवकाश ग्रहण करने के बाद विद्यालय का अगला प्राचार्य दिनेश कुमार को बनाया जाएगा।

प्रलोभन का तेजाब सारे सिद्धांतों को कुरूप बना देता है। यह संसार अब नैतिक मूल्यों और आदर्शों का नहीं रह गया। यहाँ क्षुद्र उपलब्धियों के असंख्य अखाड़े बन गए। शिक्षा सुसंस्कार देने में अब इसलिए असमर्थ है क्योंकि उसे अनेक प्रतिकूल परिस्थितियों का सामना करना पड़ता है। सब कुछ इतना बदल गया है कि सँभालना कठिन लगता है। घर की चौखट पर एक बाल्टी पानी गिर जाय तो उसे बहा-पोंछकर सुखाया जा सकता है, किन्तु जहाँ नदी की बाढ़ ही उमड़ पड़े, वहाँ कोई कितना कर पाएगा। किसको-किसको ठीक किया जाय। मास्टर को, छात्र को अथवा चपरासी को?

इन पिअन—चपरासियों से जो शिक्षक पान-बीड़ी, सुर्ती, श्लील-अश्लील

मजाक और कतिपय गुप्त बातों का सम्बन्ध रखते हैं, वे भला इनसे सम्मान और अनुशासन की अपेक्षा क्यों करते हैं। समय दूर नहीं जब शिक्षक अपना सम्मान दिवा-स्वप्न में ही अनुभव करेंगे।

वह चपरासी उन शिक्षकों का मुँहबोला था। उसी ने एक शिक्षक की साली की कोई रसीली कथा उन्हें सुनाई थी और उन लोगों ने ठहाके लगा-लगाकर आनन्द उठाया था। ऐसे ही हँसी-ठहाकों में ये शिक्षक अपनी कक्षाएँ छोड़ देते हैं। बच्चे इधर-से-उधर ऊधम मचाते रहते हैं। ये मास्टर ऑफिस-आर्डर को पढ़कर किनारे रख देते हैं। क्लास का अरेंजमेंट उन्हें स्वीकार नहीं होता। कोई टाइम-टेबुल उन्हें बाँध नहीं पाता। कई मास्टर बहाने बनाकर छुट्टी लेने की तरकीब ढूँढ़ते हैं।

समझ में नहीं आता कि ऐसे शिक्षकों को नौकरी में बने रहने का क्या औचित्य है। जिन्हें इस कार्य में रुचि न हो उन्हें इस पेशे में आना ही नहीं चाहिए। ऐसे लोग सामाजिक बोझ हैं। इनसे भावी कर्णधारों की पतवार कमजोर होती है। किन्तु कौन करे, इनको बर्खाशत। राजनीति के देवता जब तक आँख मूँदकर वरदान देने की मुद्रा में रहेंगे, तब तक ऐसे नासूर समाज में पलते-बढ़ते रहेंगे।

एक दिन कुछ शिक्षकों को लेकर दिनेश कुमार मेरे ऑफिस में आए। वहाँ रामेश्वर प्रसाद और अमरकान्त जी पहले से ही बैठे थे।

"हम एक विशेष कार्यक्रम पर आपसे विचार करने आए हैं।"

इतना कहकर दिनेश कुमार चुप हो गए। उनकी भंगिमा से लगा कि इन शिक्षकों की उपस्थिति उन्हें अनपेक्षित लग रही है।

वे दोनों उठकर बाहर चले गए।

दिनेश बोले—बड़े चुपके-चुपके बैठै थे ये लोग आपके पास ! जब ये दोनों प्रेयर ग्राउंड में नहीं दिखे तभी मैं समझ गया कि कहीं एकान्त में खिचड़ी पक रही होगी। किसी रुपए-पैसे का प्रस्ताव लेकर आए होंगे ?

"नहीं, मैंने ही उन्हें बुलाया था। दसवीं क्लास की ज्याग्रफी और विज्ञान का कोर्स बाकी है।"

"वह बाकी ही रहेगा। अमरकान्त ने अपना कोर्स कब पूरा कराया है ? हराम की कमाई है मास्टरी। अब तो बुढ़ापा आ गया। जवानों से कृपा माँगकर वे अपनी गाड़ी पार लगा लेंगे।"

एक शिक्षक यह कहकर हँस पड़ा। दिनेश कुमार ने भी समर्थन किया—इसमें क्या शक ? कर्ज खाने में दोनों एक-दूसरे के गुरू हैं। अगर मैं रुपए नहीं देता तो रामेश्वर प्रसाद का बेटा आज इंजीनियर नहीं बन पाता। वही शादी की बात पर जनाब कन्नी काट गए।

"छोड़िए उन बातों को।"

"क्यों छोड़ें·हेडमास्टर साहब। हम क्यों छोड़ें ? आपने भी तो उनको

समझाया था। लेकिन उन्होंने आपकी कोई प्रतिष्ठा रखी ?"

"और सर, हम सुनते हैं कि ये जनाब जिला शिक्षा अधिकारी के पास तीन बार गए हैं। स्कूल कमिटी के मेम्बरों से भी मिल रहे हैं। हेडमास्टर बनने का सपना अभी से देखने लगे हैं।"

दूसरे शिक्षक की बात पर दिनेश कुमार उबल पड़े—मैं चैलेंज करता हूँ, हेडमास्टर बनकर दिखा दें रामेश्वर प्रसाद। उनका मैं गुलाम बन जाऊँगा। बी॰ ए॰, एम॰ ए॰ में फर्स्ट क्लास पाना और किसी इंस्टिट्यूशन की एडमिनिस्ट्रेटिव पोस्ट को सँभालना एक बात नहीं होती है राय साहब। आप पुराने जमाने के हेडमास्टर हैं, आपका निर्वाह हो गया। रामेश्वर प्रसाद एक दिन भी इस विद्यालय को चलाकर दिखा दें। मैं उनके घर पानी भरूँगा।

"और वे दौड़कर क्या पा लेंगे। शिक्षा मंत्री खुद मेरे साले के ममेरे भाई हैं। उनके इलेक्शन के टाइम पर सात हजार जाली वोट हमने गिरवाए थे। कहने भर की देर है। कौन कमिटीवाला उनकी बात नहीं मानेगा ?"

और भी बातें होती रहीं। रामेश्वर प्रसाद, अमरकान्त और कुछ और शिक्षकों की निन्दा होती रही। मुझ जैसे हेडमास्टर के हिस्से में तो बस सबकी बातें सुनना भर है। अंत में मैंने पूछा—दिनेश जी, आप किसी कार्यक्रम की बात करने आए थे।

दिनेश कुमार ने बताया कि इस विद्यालय में कई वर्षों से सरस्वती-पूजा का आयोजन नहीं हुआ है। जिस साल पेट्रोमेक्स से एक छात्र जल गया था, उसी साल से यह पूजा बन्द कर दी गयी थी। इस वर्ष पूजा का आयोजन होना चाहिए। विद्यालय में कुछ सांस्कृतिक कार्यक्रम की धूमधाम हो। इसी अवसर पर एक नाटक भी खेला जाएगा। डिओ साहब को बुलाया जाएगा।

अगले महीने फरवरी की दस तारीख को विद्यालय में सरस्वती-पूजा और नाटका का कार्यक्रम बना।

दूसरे दिन ही एक चपरासी ने हँसते हुए आकर मुझसे कहा—दस फरवरी को सरस्वती-पूजा होगी या दिनेश बाबू की पूजा होगी ?

मैं उसके चेहरे की व्यंग्य-भाषा को पढ़ता रह गया।

छह

आज घर लौटने में देर हो गयी। मित्रों के बीच बैठ गया। समय का ध्यान नहीं रहा। अँधेरा हो चुका था। मुहल्ले में बिजली दो घंटे से गुल थी। अब यह रोज ही का हाल हो गया है। बिजली नहीं आने से आज प्रोफेसर साहब के बेटों को

ट्यूशन पढ़ाने नहीं जा सका। अपना मकान बनते ही इस मुहल्ले से छुट्टी मिल जाएगी। मेरे मकान-मालिक भी नहीं चाहते कि उनके घर में बिजली ज्यादा खर्च हो। उनकी चले तो वे हमें आठ बजे ही रात में सोने के लिए मजबूर कर दें। पूरे घर की बिजली गुल कर दें। वे किसी से कह रहे थे कि किराए पर मास्टरों को मकान नहीं देना चाहिए। वे बिजली ज्यादा खर्च करते हैं। रात-रातभर पढ़ते-पढ़ाते हैं। आज हमारे मकान-मालिक अँधेरे में बैठे-बैठे खुश हो रहे होंगे। वे हीरा गँवाकर कोयले पर छापा मारनेवाले जीव हैं। या यों कहिए कि वे हाथी हार कर पूँछ के लिए लड़ते हैं। घर में इतने खर्च हैं, उन पर उनका कोई वश नहीं। बेटा शराबी है, दूसरा बेटा शेयर के खेल में लाखों हार गया। अब एक बिजली के बचा लेने से उनकी सारी क्षति की पूर्ति हो जाएगी।

घर में प्रवेश करते ही प्रतिमा ने बताया कि दो सज्जन देर से मेरी प्रतीक्षा में बैठे हैं। उनमें एक मेरे परिचित थे।

"कहिए, जमुनालाल जी, आज इधर कैसे, इस अँधेरे में ?"

जमुनालाल जी खिलखिलाकर हँसे। उसी तरह हँसे जैसे वे अपनी दुकान में सौदा-सामान तौलते हुए हँसते हैं। सामान महँगा हो वे तब भी हँसते हैं, सस्ता हो तब भी हँसते हैं। मेरे घर में उनकी ही दुकान से सामान आता है। उन्होंने मुझे उधार की सुविधा दे रखी है।

जमुनालाल जी बोले—मास्टर जी, ये मेरे साढ़ू भाई हैं। देवरिया से कल ही आए हैं। आप से कुछ काम कराने आए हैं।

जमुनालाल जी फिर हँसने लगे। मोमबत्ती की रोशनी में मैंने देखा, उनके साढ़ू भाई के चेहरे पर मुस्कुराहट थी।

"कहिए, आपका कौन-सा काम मैं कर सकता हूँ ?"

"सर, काम तो ऐसा है कि आप ही कर सकते हैं।"

उन्होंने बताया कि उनके भतीजे ने इस साल हाई स्कूल की परीक्षा दी है। उसकी अंग्रेजी की कॉपी मेरे पास आयी है। मैं थोड़ी कृपा कर दूँ तो वह अंग्रेजी में निकल जाए।

"मास्टर साहब, आप लोग यह अंग्रेजी क्यों नहीं हटा देते ? विलायती चले गए। इसको भी आप लोग दूर भगाइए। इतने विद्यार्थी फेल होते हैं इसमें कि कुछ नहीं पूछिए। अंग्रेजी उनके लिए मलेरिया बुखार है। नाम सुनते ही काँपने लगते हैं।"

जमुनालाल जी अपना विचार प्रकट कर अपने साढ़ू भाई की ओर देखने लगे।

"हाँ सर", उनके साढ़ू बोले, "मेरा बेटा एक अंग्रेजी को छोड़कर बाकी सारे विषयों में फ़र्स्ट डिवीजन पाता है।"

दोनों ने एक-दूसरे को देखा, फिर उनके साढ़ू बोले—तो कुछ कृपा की जाय। यह लड़के का रोल नं० है।

उन्होंने एक लिपटा हुआ कागज मेरी ओर बढ़ाया। मैंने खोलकर देखा, उस पर रोल नं० लिखा था और उसके साथ सौ रुपए का नोट भी था।

"यह क्या है ? सौ रुपए !"

"जी सर, समझिए यह कुछ नहीं है। बस आपके पान पत्ते भर के लिए है। काम पूरा हो जाय तो कुछ और सेवा हो जाएगी। आपका सेवक यहाँ बैठा है।

"जमुनालाल जी, यह काम मुझसे नहीं होगा!"

मेरे विरोध का उन दोनों ने गलत अर्थ लगाया। उस आदमी ने एक दूसरा सौ का नोट निकाल कर मेरी जेब में डाल दिया। बोला—अब कुछ दया कीजिए मास्टर साहब। उसको अपना ही बेटा समझिए।

मुझे क्रोध आ गया। ये लोग अभी रुपए देकर बाहर निकलेंगे और मन में खुश होंगे कि दो सौ रुपए में एक मास्टर को खरीद लिया। ऐसे खरीदारों की मौत !

मैंने उन्हें रुपए और कागज वापस करते हएु कड़े स्वर में कहा—अपने रुपए ले जाइए। आप मुझे रिश्वत देकर खरीदना चाहते हैं ? आपकी हिम्मत कैसे हुई ? तुरंत तुम लोग बाहर जाओ। ऐसे काम के लिए मेरे पास फिर न आना। तुम लोगों ने मास्टरों को क्या समझ रखा है ? हम लोग अपने उसूल और ईमानदारी की रोटी खाते हैं। रिश्वत पर ईमान बेचनेवाले शिक्षक हम नहीं हैं। समझे !

वे दोनों चुपचाप उठ खड़े हुए। चेहरे से हँसी नदारद थी। जब जाने लगे तब लाइट आ चुकी थी। मैंने देखा जमुनालाल की आँखों में रोष था। अपने साढ़ू के सामने उनकी बेइज्जती हुई थी।

तीसरे दिन एक आदमी जमुनालाल का संदेश लेकर मेरे पास आया। उनके खाते में मुझ पर साढ़े चार सौ रुपए का कर्ज था। तकाजा था कि मैं जल्द वापस कर दूँ।

इस प्रतिक्रिया के लिए मैं जैसे तैयार बैठा था। मैंने उनके रुपए वापस कर दिए। सौदा लेने का व्यवहार भी बन्द कर दिया। ऐसा करके मुझे बड़ा संतोष मिला। मेरे शिक्षक-जीवन में कलंक लगने से बच गया।

स्कूल में मुझे मालूम हुआ कि जमुनालाल को मेरे पास कॉपियाँ आने की खबर हरिनाथ पाण्डेय से मिली थी। अब ऐसे लोगों को कौन समझाए। छोटे-छोटे स्वार्थ पर बिक जाने वाले शिक्षक भला समाज का पथ-प्रदर्शन कर पाएँगे ?

इसी बात पर प्रतिमा को उस दिन भारी विस्मय हुआ था। वह सोच भी नहीं सकती थी कि स्कूल के मास्टर शराबी हो सकते हैं।

एक रात की बात है। मैं सोने की तैयारी कर ही रहा था कि बाहर से किसी के पुकारने की आवाज आई। मैंने खिड़की से देखा कि हमारे स्कूल के प्रमोद लाल श्रीवास्तव और विश्वनाथ बाहर खड़े हैं।

मैं बाहर आया।

"कहिए रामेश्वर जी, कौन बन रहा है हेडमास्टर ?

प्रमोद लाल श्रीवास्तव का ऐसा अटपटा सवाल और इस रात में। इन्हें हो क्या गया है ? तभी विश्वनाथ बोले—आप बनिएगा ? बोलिए, साफ बोलिए।

विश्वनाथ के पाँव और जुबान दोनों लड़खड़ा रहे थे। स्कूल में दो-तीन मास्टर मदिरा-प्रेमी थे। विश्वनाथ जी इतिहास पढ़ाते थे और महात्मा बुद्ध की बातें बच्चों को समझाते थे। प्रमोद लाल श्रीवास्तव स्कूल के बड़े बाबू थे। शराब के पीछे घर के कितने खेत बेच चुके थे। शहर में जो मकान था, उस पर भी काफी कर्ज चढ़ चुका था। दोनों में पटती अच्छी थी।

मेरे मुँह से तुरंत कोई उत्तर नहीं निकला तो प्रमोद लाल भद्दी गाली के साथ उबले—जिसे हम चाहेंगे वही बनेगा हेडमास्टर। हमारी पार्टी का आदमी बनेगा।

"और देखिए रामेश्वर जी। हमारी मर्जी के खिलाफ जो भी इस कुर्सी पर बैठेगा, हम उसे लात मारकर बाहर कर देंगे।"

विश्वनाथ जी ने नशे के जोश में अपना एक पैर ऐसे उठाया जैसे कुर्सी को अभी लात मारकर गिरा देंगे। वे लड़खड़ा गये और गिरने से बचे।

मैंने उनकी हाँ में हाँ मिलायी। प्रतिक्रिया में कुछ कहता तो बहस द्रौपदी की चीर बन जाती।

वे दोनों बकते-झकते चले गए। मैंने दरवाजा बन्द किया और कमरे में आकर बैठ गया। क्या सोचूँ और क्या कहूँ। अध्यापन के पेशे में ऐसे लोगों को देखकर मन ग्लानि से भर जाता है। पछतावा होता है, क्यों आया इस पेशे में।

प्रतिमा आश्चर्यचकित थी। पूछ पड़ी—स्कूल के मास्टर भी शराब पीते हैं ?

"चौंककर क्या करोगी प्रतिमा। ये लोग क्या-क्या नहीं करते हैं। नशा, जुआ, चोरी, चरित्रहीनता, व्यापारिक वृत्ति, मुकदमेबाजी, पार्टीबाजी की उठापटक, क्या-क्या ऐब नहीं है इनमें। यों ऐसे लोग थोड़े हैं फिर भी इस पेशे में हैं।

"क्या उन पर कोई रोकथाम नहीं ?"

"शिक्षक का कर्त्तव्य बड़ा पवित्र होता है प्रतिमा। ज्ञानदान आत्मा से आत्मा का साक्षात्कार है। इस कार्य पर कोई अंकुश सफल नहीं हो सकता। भावना पर आज तक कौन अंकुश लगा सका है ! कोई भी शिक्षक हृदय के स्तर पर ही उतर कर अपनी बात संप्रेषित कर सकता है। हृदय नहीं चाहेगा तो कुछ नहीं होगा।

प्रतिमा शायद ऊबने लगी। पति की बातें उसे कोरे उपदेश सदृश लगीं।

बोली—जिनका हृदय साथ नहीं देता वे क्यों बन जाते हैं शिक्षक ? ऐसे लोगों का विरोध होना चाहिए।

"किसकी हिम्मत है ? दिनेश कुमार, विश्वनाथ, प्रमोद लाल, दुर्गा सिंह जैसी विभूतियों को क्या शिक्षा विभाग हटा सकता है ? कदापि नहीं। बल्कि ऐसे ही लोगों के कृपा-बल पर आज की शिक्षा-संस्थाएँ चल रही हैं।

प्रतिमा को कुछ याद आ गया। उठकर तेजी से गयी और एक कार्ड लाकर मेरे सामने रख दिया।

उस निमंत्रण कार्ड में सरस्वती-पूजा और नाटक का कार्यक्रम छपा था। संयोजक दिनेश कुमार थे।

सांस्कृतिक आयोजन के संयोजक दिनेश कुमार ! मैंने खिड़की से बाहर फिर देखने का प्रयास किया। गंगा गंगोत्री की ओर क्यों लौट रही है ?

सात

विद्यालय के प्रांगण में आज ज्यादा चहल-पहल थी। पिछले चार-पाँच दिनों से पढ़ायी नहीं हो रही थी। घंटी बजती थी। मास्टर लोग रजिस्टर पर हाजिरी लगाकर कमरों से बाहर आ जाते थे। कुछ को दिनेश कुमार ने काम बाँट रखे थे। बाकी मास्टर धूप में रखी कुर्सियों पर बैठे गपशप में लगे थे। देश की राजनीति से लेकर चोरी और बलात्कार पर चर्चा चल रही थी।

अहमद साहब ने कल नए जूते खरीदे थे। उसे लोग देख रहे थे।

हेडमास्टर साहब ने एक-दो टीचरों को टोका कि सरस्वती-पूजा के नाम पर बच्चों की पढ़ायी का नुकसान करना उचित नहीं। जिनके पास कोई काम नहीं है वे क्लास में जायँ। किन्तु उन शिक्षकों ने उनकी बात पर गंभीरता से ध्यान नहीं दिया। हँसी-मजाक, चाय-पानी और गपशप में समय कट रहा था। एक टीचर ने प्रसंग उठाया था कि ज्याग्रफी टीचर अमरकान्त जी ने किस तरह अपनी साली को विवाह करने पर मजबूर कर दिया। कुछ को यह किस्सा नहीं मालूम था।

यही बात एक बार मुझसे अहमद साहब ने बतायी थी। वे स्वयं अमरकान्त से खफा थे। अमरकान्त मास्टरी में आने के पहले एक ब्लॉक ऑफिस में क्लर्क थे। रिश्वत लेते समय पकड़े गए और नौकरी छोड़नी पड़ी। उन्हीं दिनों उनकी पत्नी का देहान्त हो गया। एक छोटी बच्ची थी। बच्ची को सँभालने के लिए उन्होंने ससुर से आग्रह कर अपनी छोटी साली को अपने यहाँ बुला लिया। ससुर

उदार और हमदर्द थे इसलिए मन में कोई शक नहीं था। वह नवयुवती अपने जीजा के प्रौढ़ प्रेम का शिकार बन गयी। जब घर लौटी तब भेद खुला कि वह माँ बननेवाली है। ससुर ने उसकी शादी अमरकान्त से ही कर दी।

इस चर्चा में दिनेश कुमार बहुत रस लेते हैं। इन दिनों अमरकान्त दिनेश कुमार से नाराज हैं। दिनेश कुमार ने उन्हें कर्ज नहीं दिया। उधर हरिनाथ पाण्डेय भी समय-समय पर अमरकान्त को चिकोटी कांटते रहते हैं। कभी पूछते हैं—कहिए अमरकान्त जी, आप की साली साहिबा का क्या हाल है ?

अमरकान्त इसलिए तुनक जाते हैं कि लोग उस युवती को अब भी साली क्यों कहते हैं, पत्नी क्यों नहीं कहते।

हरिनाथ पाण्डेय भी इस विद्यालय के विचित्र जीव हैं। तनख्वाह समय से लेते हैं लेकिन पढ़ाते कम हैं। ज्यादातर वे बिना छुट्टी के स्कूल से गैरहाजिर रहते हैं। गोरखपुर से थोड़ी ही दूर पर उनका गाँव है। घर पर उन्हें ढेरों काम रहते हैं। खेती-बाड़ी के अलावा गाँव की पंचायत और कोर्ट-कचहरी सारे झमेले अपने पास रखते हैं।

हरिनाथ जी देह-दशा से विशाल हैं। अखाड़े की बनी देह है। जुबान से झरनेवाले शब्द गाली से तर रहते हैं। कहते हैं कि यू॰पी॰ मंत्रिमंडल में उनके चचिया ससुर के मौसेरे भाई राज्य-मंत्री हैं। इसलिए स्कूल में उनकी चलती है।

आज वसंत पंचमी है—सरस्वती पूजा दिवस। तैयारी पूरी हो चुकी है। विद्यालय के पश्चिमी प्रांगण में नाटक के लिए रंगमंच बना है। पूरब की ओर लगभग दस अशोक-वृक्ष पंक्तिबद्ध खड़े हैं। दो आमवृक्ष हैं और सामने फूलों की एक वाटिका है जिसमें भाँति-भाँति के फूल खिले हैं। वाटिका की बायीं ओर एक पतला-सा पथ है। उसी के छोर पर तम्बू लगाकर सरस्वती माँ की झाँकी सजी है।

मैं जब भी माँ शारदा की प्रतिमा को देखता हूँ तो मेरे भीतर श्रद्धा उमड़ पड़ती है। इस वाग्देवी को घंटों आँखों में बसाए रखने की इच्छा होती है। आँखों में तेजस्वितापूर्ण माधुर्य, होठों पर सौम्य मुस्कान लिये श्वेत हंस पर बैठी पुस्तक और वीणाधारिणी माँ सरस्वती कितनी मनभावन लग रही हैं। महाकवि निराला ने इसी देवी से वर माँगा था—वर दे वीणावादिनि वर दे ! दे स्वतंत्र रव अमृत मंत्र नव, भारत में भर दे।

प्रतिमा को प्रणाम करने मैं आगे बढ़ता हूँ। वहाँ एक पुजारी जी बैठे कुछ श्रद्धालुओं को कथा सुना रहे हैं—

प्रजापति ब्रह्मा ने सृष्टि रचना के बाद देखा तो चारों ओर सुनसान नजर आया। कोई किसी से बोलता नहीं, हँसता नहीं, सृष्टि का फैलाव नहीं हो रहा है। तब उन्होंने अपने कमंडल से जल छिड़का। उन जलकणों के पड़ते ही वृक्षों

से एक शक्ति उत्पन्न हुई जो वीणा-वादन के साथ-साथ माला और पुस्तक धारण किए हुए थी।

ब्रह्मा जी ने उस देवी से संसार की उदासी दूर करने को कहा।

देवी ने अपने मधुर नाद से जीवों को वाणी प्रदान की। इसलिए उन्हें सरस्वती के नाम से जाना जाता है।

सरस्वती महाभागे विद्महे कमल लोचने।
विद्यारूपे विशालाक्षि विद्ये देवि नमोस्तुते।।

उस देवी के सामने मैं हाथ जोड़े खड़ा हूँ। मेरी वाणी फूट नहीं रही है। किन्तु नेत्रों की वाणी कहती है—माँ, तू ज्ञानमूर्त्ति है, विद्यादायिनी है। विश्व का ज्ञान तुम्हारी अनुकम्पा का प्रसाद है। हम मानवों को तुम क्यों अज्ञान के अंधकार में रखती हो ? विद्यामंदिरों में तुम्हारी पूजा-अर्चना नित्य ही होती है फिर भी उस परिसर में कैसे-कैसे कुकृत्य होते हैं। ऐसा क्यों ? यह कोई तुम्हारा क्रूर परिहास तो नहीं है ?

वसंत शुक्लपक्ष की पंचमी के ये आकाश और धरती तुम्हारी पूजा के उल्लास में हैं। ये शिक्षक चाहे जितने बुरे हों, मेरा विश्वास है कि जिस क्षण वे कर जोड़े तुम्हारा स्मरण करके अपनी श्रद्धा निवेदित करते हैं, उस क्षण उनकी अन्तरात्मा पवित्र होती है। हम सब पर कृपा करो माँ ! हम मनुष्य हैं। देवता नहीं बन सकते। हमसे ही चूक हो जाती है। वह हुई होगी। आज तुम्हारी क्षमा का पर्व है।

देखो माँ, विद्यालय के ये भोले किशोर छात्र कितनी तन्मयता से तुम्हारी झाँकी सजाने में लगे हैं। इस क्षण वे किसी कलाकार द्वारा निर्मित प्रतिमा की पूजा नहीं बल्कि वे अपने मानस की मूर्त्ति का श्रद्धापूर्वक श्रृंगार कर रहे हैं। उनके लिए तुम देवी हो, ममतामयी माँ हो, जगत अधिष्ठात्री हो। इस घड़ी उनकी श्रद्धा के प्रांगण में कोई तर्क झाँकने का साहस नहीं कर सकता। बुद्धि निद्रा में पड़ी है और हृदय में अनन्त भावों का मधुर नृत्य हो रहा है।

"रामेश्वर बाबू ! बड़ा ध्यान लगाए सरस्वती की पूजा कर रहे हैं ?"

मेरा ध्यान टूट जाता है। मेरे पास खड़े हैं हरिनाथ पाण्डेय। अंजलि में फूल लिये हैं। मेरे हटते ही वे भी ध्यान में लग जाते हैं। बारी-बारी से अनेक शिक्षक आते हैं और सिर झुकाकर अर्चना करते हैं। अलग खड़ा मैं उन्हें देख रहा हूँ। उठे सिरवाला मनुष्य जितना ही एक दूसरे से अलग है, उतना ही नमित-सिर की मुद्रा में सभी एक समान हैं। हरिनाथ पाण्डेय का सिर हो अथवा दिनेश कुमार का सिर, उर्दू टीचर अहमद साहब का, अथवा हेडमास्टर विद्याधर राय का। ओह ! श्रद्धा अर्पित करता मनुष्य कितना समरूप है ! आश्चर्य है, ईश्वरार्चना के पूर्व और उपरान्त वह बदल क्यों जाता है !

पूजा दिनभर चलती रही। संध्या होते ही नाटक का रंगमंच प्रकाश में चमक

उठा। छात्रों-मास्टरों के अतिरिक्त अभिभावक और शहर के अन्य दर्शकों की भीड़ हजारों की संख्या में नाटक देखने आ जुटी।

नाटक रात के साढ़े बारह बजे समाप्त हुआ। दो नाटक खेले गए।

घर लौटते समय प्रतिमा उदास थी। मेरे साथ चुपचाप पैदल चल रही थी। सड़क पर इस समय कोइ खाली रिक्शा नहीं दिखाई पड़ रहा था। प्रतिमा की उदासी से मैं अनभिज्ञ नहीं था। दूसरे नाटक में छोटा-सा प्रहसन दिखाया गया था। उसमें मुझ पर ही कटाक्ष था। दूसरों पर भी थोड़ा-बहुत था किन्तु मुझ पर ज्यादा सटीक था। विद्यालय में नियमित रूप से कक्षाएँ लेने वाले शिक्षक को बुद्धू और प्रींसिपल का चाटुकार बनाकर दिखाया गया था। और तो और, मेरी वेशभूषा में एक पात्र मेरी बोली की नकल करके दर्शकों को हँसा रहा था।

दूसरों द्वारा अपनी नकल जहर के समान कड़वी लगती है। फिर भी इस जहर को पीकर मैं चुप था। मास्टरों की नकल बच्चे उतारते ही रहते हैं। यह कोई बड़ी बात नहीं। जो भी किसी भीड़ के सामने नियमित रूप से बोलेगा उसकी नकल उतारी जाएगी। किन्तु प्रतिमा का मन आहत हुआ था। अपने पति में जिस आदर्श का मूर्त्त रूप देखने की वह अभ्यस्त थी, उस भावना पर आघात पहुँचा था। मैं शिक्षक था, मैंने मन को समझा लिया। किन्तु वह एक स्त्री के साथ पत्नी भी थी। उसकी पीड़ा उदासी में व्यक्त हो रही थी।

"क्यों खामोश हो ? कुछ बोलो, नाटक तो अच्छा था।"

"आपको अच्छा लगा होगा। मैं बेकार ही आई।"

"क्या हो गया ?"

"मैं उस लड़के को अगर पा जाऊँ, तो झाड़ू से पीटकर उसके होश ठिकाने लगा दूँ ! अपने मास्टर की नकल उतारता है।"

मैं मुस्कुराया। प्रतिमा का रोष सरल, अकृत्रिम और कलुषहीन था। मैंने समझाया—इसमें कौनसी नयी बात है। मास्टरों की नकल कब नहीं उतारी जाती।

"लोग औरों की नकल करें, आपकी हँसी उड़ाकर वे क्या कहना चाहते हैं ?"

"वे वही कहना चाहते हैं, जो दिनेश कुमार चाहते हैं, जो हरिनाथ पांडेय चाहते हैं। दोनों खूब हँस रहे थे।"

"जानती तो आपकी बंडी मैं उस छात्र को देती ही नहीं। दिन में आकर माँग ले गया।"

"इससे अच्छा मैं ही स्टेज पर आ जाता और दिनेश जैसा निर्देशन देते वैसा ही संवाद मैं बोलता।"

"और तो और, वह विश्वनाथ शर्मा और अमरकान्त बाद में उस नकल करने वाले छात्र की पीठ ठोंक रहे थे। अपने शराब पीते हैं, कैसा-कैसा कुकर्म करते

हैं। इनकी नकल करनेवाला कोई नहीं ? यह दुनिया भलेमानसों की नहीं है।"

प्रतिमा कहती जा रही थी।

थोड़ी दूर आगे बढ़ने पर एक खाली रिक्शा दिख गया। हमने आवाज दी। रिक्शे पर बैठ गए।

"आप लोग भी नाटक देखकर आ रहे हैं ?" रास्ते में रिक्शेवाले ने हमसे पूछा।

"हाँ, क्यों ?"

"कुछ नहीं, हम भी वहीं थे। नाटक अच्छा था।"

"हाँ, देशभक्तों का था, महाराणा प्रताप को सच्चे देश-भक्त के रूप में..."

"छोड़िए देशभक्ति। अब आज कौन बनेगा महाराणा प्रताप ! सब झूठ है। अपनी भक्ति पहले है। मुझे वह मास्टर वाला सीन बहुत अच्छा लगा जिसमें मास्टर जी छड़ी लिए बंडी-धोती में आते हैं और बच्चों को पढ़ाने के लिए उनके पीछे पड़ जाते हैं।"

प्रतिमा ने मुझे कोहनी से कोंचा। रिक्शावाला उसी प्रसंग का आख्यान कर रहा था जिससे प्रतिमा को घृणा थी।

रिक्शावाला अपनी प्रतिक्रिया व्यक्त कर रहा था।

यदि वह प्रतिमा के चेहरे का बदलता रंग देख लेता तो शायद चुप हो जाता, लेकिन इस रात में स्पष्ट देख पाना कठिन था। वह बोला—बाबूजी, हम तो छठी क्लास तक पढ़े। माँ-बाप ने कहा मजूरी करो। मैंने पढ़ायी छोड़ दी। बारह साल से इसी गोरखपुर में रिक्शा चलाता हूँ। जब नाटक देखा तो मेरे अपने मास्टर साहब याद आ गए। मास्टर जी हमसे अपने बर्तन मँजवाते थे, बाड़ी में साग-सब्जी का काम करवाते थे। जो लड़का उनका काम ज्यादा करता उसको वे बहुत मानते थे। नहीं वे गाली भी कम नहीं बकते थे। ऐसी-ऐसी गाली देते थे कि क्या कहें। मुझे आज भी उनकी गालियाँ याद हैं।

"उनकी अच्छी बातें याद नहीं हैं ?" मैंने पूछा।

"अच्छी बातें हों तब न याद करूँ। इधर पाठशाला में वे हमें गिनती लिखवाते और उधर मैदान में चरती अपनी गाय की देखभाल भी करते रहते। रोज एक विद्यार्थी को भेज देते थे गाय चराने को। हाँ, मास्टर मानेंगे कृष्णा जी को। बेचारे मिसरी की तरह बोलते थे और पढ़ाने में पूरा ध्यान देते थे। उनके मुँह से कभी कोई गाली मैंने नहीं सुनी। हमको लालसा लगी रहती थी। कृष्णा जी मास्टर हमें कोई काम बतायें। लेकिन वे कोई काम ही नहीं बताते थे। एक बार जो पढ़ा देते थे वह हमेशा के लिए याद हो जाता था। उनका ही इसलोक लिखाया हुआ है—त्वमेव माता च पिता त्वमेव। त्वमेव बन्धु..."

"अरे तुम्हें संस्कृत भी आती है ?"

"रट लिया था मालिक। देहात के स्कूल में खूब रटाया जाता है।"

सामने से एक ट्रक आ रहा था। मुझे भय हुआ, कहीं बातचीत में मशगूल होकर यह ट्रक के आगे न आ जाय।

"रिक्शा थोड़ा बायीं ओर मोड़ लो।"

"आप चिन्ता मत कीजिए। बीच सड़क पर भी रहूँगा तो बचा लूँगा। बारह साल हो गए चलाते हुए।"

फिर आगे बोला—कृष्णा बाबू मास्टर बहुत याद आते हैं। मन करता है कि एक बार वे मिल जाते तो इसी रिक्शे पर बैठा कर उनको दिनभर गोरखपुर शहर घुमाता—गोरखनाथ का मंदिर, उर्दू बाजार, शास्त्री नगर, मेडिकल कालेज, पता नहीं कहाँ होंगे। काफ़ी बूढ़े हो गए होंगे।

"समय बैठा नहीं रहता।"

"ठीक कहते हैं बाबू। डेढ़ साल पर मैं गाँव गया था अपने बेटे को देखने। वह तो मुझे पहचानता ही नहीं था। परदेस आदमी को बेगाना बना देता है।"

घर के सामने जब हम रिक्शे से उतरे उस समय तक वह जान गया था कि मैं भी एक स्कूल मास्टर हूँ। पैसा नहीं ले रहा था। बहुत कहने पर लिया। कह रहा था—आप गुरु हैं। मुझको नहीं पढ़ाया तो क्या। आपकी सेवा से मुझे पुण्य मिलेगा।

वह चला गया। न मालूम किस पूर्व जन्म का संस्कार उसमें गुरु के प्रति श्रद्धा बनकर बैठा था।

सुबह उठते ही प्रतिमा का पहला प्रश्न था, आप कब तक हेडमास्टर बन जाइएगा ? सबसे सीनियर तो आप ही हैं।

"हाँ" कहकर मैं चुप हो गया। मैंने अनुभव किया कि मेरी हाँ में कोई उल्लास नहीं है। प्रतिमा ऐसी ध्वनि को अच्छी तरह समझती है। पच्चीस वर्षों की संगिनी है वह। मुझे क्यों नहीं समझेगी। उसकी कल्पना सागर की लहरों की भाँति रहरहकर उछल जाती थी। बार-बार ऊँचाई का तट छूकर वह संतोष कर लेती थी।

स्कूल में सरस्वती-पूजा का आयोजन दिनेश कुमार के लिए एक बहाना था। इस अवसर पर अनेक गण्यमान्य लोगों को आमंत्रित किया गया था। उनकी सेवा-खातिर में दिनेश ही सबसे आगे थे। नाश्ता करके डिओ साहब पानी पी रहे थे तब दिनेश उनके सामने दूसरा गिलास लिए खड़े थे। कमिटी के चेयरमैन और उनकी पत्नी को दिनेश कुमार ने आगे-आगे रास्ता दिखाते हुए विशिष्ट अतिथियों की कुर्सियों पर ले जाकर बैठाया और चेयरमैन की पत्नी से हँसकर

बातें करने लगे। बार-बार उधर जाकर दिनेश कुमार उनकी सुविधा-असुविधा पूछ आते थे।

नाटक के बीच में ही चेयरमैन जाने को उठ खड़े हुए तो दिनेश दौड़कर हाथ जोड़े उनसे कुछ कहने लगे। चेयरमैन बीस मिनट के लिए फिर बैठ गए।

कार में उन्हें विदा करते समय दिनेश ने चेयरमैन से कहा—सर, आपसे कल मिलूँगा।

इतने वर्षों तक विद्याधर राय ने अपने बुद्धि-कौशल, विवेक और संयम से एक सफल प्रधानाध्यापक की भूमिका का निर्वाह किया। ईश्वर जाने उनके बाद इस संस्था का क्या होगा। यदि कलुष बढ़ता गया और अनुशासनहीनता पर अंकुश नहीं लगा तो क्या मैं इस संस्था को चला पाऊँगा ? हेडमास्टरी पर बाहर के भी कई लोग दाँत गड़ाए बैठे हैं।

इस पद के लिए आवेदन पत्र देने के पूर्व मैं कई दिनों तक सोचता रहा। क्या यह जरूरी है कि हेडमास्टर बनकर ही मैं इस विद्यालय की सेवा करूँ ? प्रधान बनते ही कुछ मास्टरों की दृष्टि में मैं भला बनूँगा तो कइयों की निगाह में दुश्मन कहलाऊँगा। ऐसे राग-विराग की गठरी बाँधने से तो अच्छा है कि इस पद के लिए प्रत्याशी ही न बनूँ। जैसा हूँ ठीक हूँ, सुख और संतोष से हूँ।

दूसरा तर्क उठा—कठिनाइयों से भागने का यह सुरक्षित बहाना है। रामेश्वर, तू सरलमार्गी है। तुम्हें एक साफ-सुथरी राह चाहिए। जिस राह में काँटे मिलते हों उससे जाने का तुम साहस ही नहीं कर सकते।

इसे ही कायरता कहा जाता है। कायरता प्रगतिकामी के लिए मौत के समान है।

आठ

स्कूल कमिटी को हेडमास्टर विद्याधर राय पर ज्यादा भरोसा था। पिछले बजट में जो धनराशि स्वीकृत हुई थी उसका उपयोग अभी नहीं हो पाया था, कमिटी चाहती थी कि विद्याधर राय ही खर्च करें। न मालूम नया हेडमास्टर कैसा आए। योजनान्तर्गत कार्य पूरे भी न हो पाएँ और राशि व्यय हो जाए। ये हेडमास्टर और प्रींसिपल भला कौन के दूध से धुले हैं। उनकी नैतिकता और ईमानदारी-बेईमानी की अनेक कथा-कहानियाँ सुनने में आती हैं। भ्रष्टाचार की फसल अब विद्यामंदिरों में भी उगने लगी है। स्कूल कालेज से लेकर विश्वविद्यालय स्तर तक लूट-खसोट मची है।

एक हेडमास्टर को स्कूल की चारदीवारी बनवाने के लिए अस्सी हजार रुपये

दिये गये थे। उन्होंने बरसात के मौसम में काम शुरू कराया और थोड़ा काम कराकर प्रशासन को सूचित कर दिया कि अधिक बरसात के कारण चारदीवारी तीन बार बनी और गिरी। सारा धन इसी में लग गया। धन का सदुपयोग हुआ है कि नहीं, इसका पता लगाने कुछ अफसर लोग आए। उन्हें सब मालूम था, फिर भी आए क्योंकि कागज पर उनका आना जरूरी था। हेडमास्टर ने बंद कमरे में दो अफसरों से बात की और लिखवा लिया कि सचमुच भारी बरसात से विद्यालय को नुकसान उठाना पड़ा है। अगली राशि की व्यवस्था की जाय। अफसर लोग संतुष्ट होकर लौटे और हेडमास्टर ने अगले साल अपनी बेटी की शादी में बड़े उत्साह से खर्च किया। इसलिए विद्यामंदिरों में भी ईमानदारी और निष्ठा अब खरगोश का सींग बनती जा रही है।

स्कूल कमिटी ने विद्याधर राय से आग्रह किया कि वे अवकाश ग्रहण करने के पूर्व अपनी देख-रेख में हायर सेकेंडरी सेक्शन के लिए तीन कमरे और प्रयोगशाला का निर्माण करा डालें।

दिनेश कुमार इस बात से अधिक प्रसन्न थे कि उनका विद्यालय अगले सत्र में हायर सेकेंडरी स्तर का हो जाएगा। यदि वे नियुक्त हो गए तो हेडमास्टर की जगह प्रींसिपल कहलाएँगे। नौकरी में डिजिग्नेशन ही तो सब कुछ है। रुतबा उससे ही बनता है।

कमिटी की मंशा की भनक उनको भी मिली। वे हेडमास्टर साहब के पास गए। अपनी ओर से उन्होंने अनेक सुझाव दिए। हेडमास्टर साहब ने मुझसे भी कल पूछा था कि इस काम को कैसे जल्दी अंजाम दिया जाय। कुछ मास्टरों का सुझाव था कि कमरों का निर्माण सरकारी एजेंसी द्वारा कराया जाय। उसमें हेरा-फेरी की गुंजाइश नहीं रहती। किन्तु समय कम है। सरकारी प्रक्रिया में ज्यादा समय लग सकता है। इसलिए स्वयं हेडमास्टर साहब किसी ठेकेदार को निश्चित कर दें।

तीन मास्टरों ने अलग-अलग उनसे एकांत में मिलकर अपनी बात कही। एक के बहनोई बड़े कुशल ठेकेदार थे। यदि काम उन्हें सौंप दिया जाय तो समय पर पूरा हो जाएगा। दूसरे मास्टर ने पहले की निन्दा की और अपना पक्ष रखा। उनके खास छोटे भाई को इन सब कार्यों का ज्यादा अनुभव है। काम वे स्वयं कराते हैं, किन्तु नाम किसी फर्म का होता है। इससे कोई भाँप भी नहीं सकेगा कि इसी स्कूल के मास्टर का सगा भाई ठेकेदार है।

तीसरे सज्जन ने विद्याधर राय को ऊँच-नीच समझाया। रिटायरमेंट का टाइम है। जाते-जाते आप पर दाग न लग जाय। फूँक-फूँक कर आगे बढ़िये। बहराइच में अपनी जान-पहचान की कम्पनी है। वह स्कूल-कॉलेज की ही बिल्डिंग बनाने का ठेका लेती है। कहिए उसे ही बुला देता हूँ। सारा टंटा खत्म। आप आराम

से रहिए। निर्माण-कार्य समय से पूरा हो जायेगा। हेडमास्टर साहब उलझन में थे। काम लगभग डेढ़ लाख का था। समय बीत रहा था। उनकी उलझन बढ़ाने में दिनेश कुमार और हरिनाथ पांडेय की भी भूमिका थी।

दिनेश कुमार एक नया प्रस्ताव लेकर आये। उन्होंने यह आशंका व्यक्त की कि यदि इस वर्ष यह राशि खर्च नहीं हुई तो यह पैसा वापस करना होगा। इसलिए इस काम में हरिनाथ पाण्डेय को लगाया जाय। वे लोकल आदमी हैं और प्रभावशाली भी। इस क्षेत्र के अनेक ठेकेदारों और राजमिस्त्रियों को वे जानते हैं।

हेडमास्टर साहब ने कल्पना भी नहीं की थी कि कमिटी का प्रस्ताव मानकर वे चक्रव्यूह में फँस जाएँगे। दिनेश कुमार ने यहाँ तक कह दिया कि विद्यालय परिसर में किसी दूसरे ठेकेदार को काम नहीं करने दिया जाएगा। पाण्डेय जी जिसको कहेंगे वही इसे करेगा।

ठेका हरिनाथ पाण्डेय के आदमी को दिया गया। काम शुरू हो गया। मास्टरों के बीच थोड़ी फुसफुसाहट हुई लेकिन दिनेश कुमार के प्रभाव से दब गयी।

एक रात ड्रिल मास्टर दुर्गा सिंह मेरे पास आए और बोले—ऐसे सज्जन हेडमास्टर की सहायता करने को कोई तैयार नहीं। यह स्कूल कुछ ही दिनों में दुष्टों का अड्डा बन जाएगा। रामेश्वर जी, आप थोड़ा आगे बढ़िए। चुप बैठे रहने से काम नहीं चलेगा। आखिर कब तक यह सब चलता रहेगा।

"हम सभी देख रहे हैं। क्या किया जाय ?" मेरा उत्तर था।

"चलिए, हमारा एक शिष्टमंडल डी० एम० या जिला शिक्षा अधिकारी के पास चले। यह तो आँखों में धूल झोंकना हुआ। जिन ईंटों से कमरों का निर्माण हो रहा है, जरा उन्हें देख लीजिए। तीन नम्बर की ईंटें हैं। यह बिल्डिंग भला कितने दिन ठहरेगी। इस ठेकेदार को हटा दिया जाय। स्वयं डी० एम० या जिला शिक्षा अधिकारी मौके पर आकर मुआयना कर लें।

दुर्गा सिंह आवेश में थे। उनकी बात से सहमत होकर भी मैं इस अभियान में भाग लेना नहीं चाहता था। आज की दुनिया में सभी अपने फायदे के लिए ही काम करते हैं। ठेकेदार कोई सत्य हरिश्चन्द्र नहीं है। झूठ-साँच उसके व्यवहार के अनिवार्य अंग हैं। पचास बोरी सिमेंट को सौ बोरी बताना, और घटिया रेत-लोहा लगाना उसके पेशे के मंजूर मानदंड हैं। इसमें इंजीनियर, ओवरसियर अथवा मंत्री तक भी कुछ नहीं कर सकते। ठेकेदारों के शब्दकोश में टिकाऊ काम जैसे शब्द बहुत महत्त्वपूर्ण नहीं हैं। नक्कारखाने में तूती की आवाज कौन उठाये।

किन्तु दुर्गा सिंह आसानी से माननेवाले जीव नहीं थे। दो-चार दिनों के भीतर ही उन्होंने कुछ मास्टरों को अपने पक्ष में किया और कुछ अभिभावकों के भी कान में बात डाल दी। बात अफसर तक पहुँची और चिट्ठी आ गयी कि सरकारी इंजीनियर निर्माण कार्य का निरीक्षण करने आएँगे। तब तक कार्य बन्द रखा जाय।

सूखे पुआल में आग लगी। दिनेश कुमार और हरिनाथ पाण्डेय को मुझ पर ही शक हुआ। स्कूल में उन्होंने प्रचार किया कि रामेश्वर प्रसाद ने भीतर-भीतर यह आग लगाई है। यह जानकर मुझे दुःख जरूर हुआ किन्तु मैंने कोई प्रतिक्रिया नहीं की। चाहता तो दिनेश कुमार को चुनौती देकर पूछता कि वे बताएँ कि मैंने यह काम कैसे रोकवाया है। मुझे प्रमाण दें। आश्चर्य तब हुआ जब स्वयं हेडमास्टर साहब ने अपनी ऑफिस में बुलाकर मुझसे पूछ लिया—यह आपने क्या कर दिया, रामेश्वर जी ?

"क्या हो गया सर ?"

"भोले मत बनिए। कलक्टर के पास शिकायत कैसे पहुँची ?"

हेडमास्टर साहब का चेहरा तन गया था। वर्षों बाद मैंने उनके चेहरे पर ऐसा रोष देखा। मैं जैसे उनके लिए बिल्कुल अपरिचित हूँ। अथवा सारे पुष्ट प्रमाणों के बाद वे उस निष्कर्ष पर पहुँच चुके हों कि ऐसा कार्य मैंने ही किया है।

मैं विनम्र जरूर था लेकिन इतना नहीं कि कोई मुझे कायर समझने की भूल कर बैठे। मैंने क्षणभर में निर्णय किया कि यदि अभी दृढ़ता से इस लांछन का विरोध नहीं करूँगा तो मुझे और दबाया जा सकता है।

"शिकायत किसने पहुँचायी, मुझे कुछ नहीं पता। इसमें मैं शामिल नहीं हूँ।" मैंने कहा।

"मुझे मालूम है कि आप और ड्रिल मास्टर दुर्गा सिंह कुछ अभिभावकों के साथ डी॰ एम॰ से मिलने गए थे।"

"चलिए मेरे साथ। डी॰ एम॰ से पूछ लीजिए।"

"मैंने आपको बहस करने के लिए नहीं बुलाया है। इस समय काम का मँझधार में रुक जाना अच्छा नहीं हुआ। स्कूल की प्रतिष्ठा के साथ-साथ मेरी प्रतिष्ठा पर भी लोग उँगली उठा रहे हैं।"

"सर, आपको अपनी प्रतिष्ठा जितनी प्यारी है, उतनी ही मुझे अपनी प्रतिष्ठा प्यारी है। मेरा नाम इसमें घसीटा जा रहा है, क्या यह मेरी निन्दा नहीं है ? वह कौन व्यक्ति है जिसने मेरा नाम लिया है ?"

"दुर्गा सिंह।"

"दुर्गा सिंह ?" मैं चौंका। "उनको तो मैंने टके-सा जवाब दे दिया था—यह बात आपसे क्या दुर्गा सिंह ने कही ?"

"नहीं।"

"फिर ?"

विद्याधर राय थोड़ा सकपकाए। मैंने फिर पूछा—उस आदमी का नाम बताइए।

"इसमें उलझने से कोई फायदा नहीं। प्रींसिपली के उम्मीदवार आप भी हैं।

विरोध बढ़ाना उचित नहीं होगा।"

"प्रींसिपल का पद मेरे अपने व्यक्तित्व से बड़ा नहीं है राय जी।"

"लेकिन पद ही व्यक्ति की गरिमा बढ़ाता है, यह आप जानते हैं।"

"आत्मसम्मान के मूल्य पर नहीं।"

"इसमें आत्मसम्मान का प्रश्न कहाँ है ?"

"है श्रीमान्, है। मैं अपनी निन्दा सुनकर चुप हो जाऊँ तो क्या उससे मेरा स्वाभिमान आहत नहीं होता ? इस विद्यालय में मुझ जैसे शिक्षकों की प्रतिष्ठा क्या रह गयी है ? नाटक में आपके सामने मेरी नकल उतारी गयी। सारा निर्देशन दिनेश कुमार का था। मेरी हँसी उड़ायी गयी। आपने इसका एक्सप्लानेशन कभी पूछा दिनेश कुमार से ?"

"पूछ लेने से वह मजाक वापस तो नहीं हो जाता ?"

"अर्थात् चोट पर मरहम नहीं लगाना चाहिए, आप यही कहना चाहते हैं न ?"

"चोट क्या आपको ही लगी ? दूसरों की चोट आप देखते हैं ?"

"बात स्पष्ट है, हेडमास्टर साहब। मुझे ऐसा लगने लगा है कि आप दिनेश कुमार को ही भावी प्रींसिपल मानकर उनकी कमियों को नजरअन्दाज करने लगे हैं।"

"कमियों की गणना करने या उन पर उँगली उठाने से दिनेश कुमार बदल तो नहीं जायेंगे।"

अभी हमारी बातचीत चल ही रही थी कि दो छात्र अंदर आ गए। एक बोला—सर, आठवीं क्लास में बच्चे बेंच-कुर्सी तोड़ रहे हैं। वहाँ कोई मास्टर नहीं है।

हेडमास्टर साहब ने घड़ी देखी और बोले—यह तीसरी घंटी है। वहाँ किसकी क्लास है ?

"अमरकान्त जी मास्टर साहब की।"

"देखो, उधर स्टाफ के लोगों के साथ वे बैठे होंगे। बुला ले जाओ।"

"नहीं सर," दूसरा लड़का बोला, "अमरकान्त मास्टर साहब एक दुकान पर लॉटरी का नम्बर मिलाने गए हैं। मैं साइकिल से आ रहा था तो उन्हें देखा था। बीस-पच्चीस टिकट वे हर महीने खरीदते हैं।"

छात्र की बात पर हेडमास्टर साहब ने मेरी ओर देखकर कहा—सुन रहे हैं न आप ?

"तो जाकर ढूँढ़ो सामाजिक शास्त्र के शिवकुमार जी को। वे खाली हों तो कहना कि हेडमास्टर साहब ने कहा है, आठवीं को सामाजिक शास्त्र पढ़ा दीजिए।

"वे भी नहीं हैं। उनके दो मेहमान आये थे। उन्हीं के साथ किसी शादी

की बातचीत करते हुए वे लोग फाटक से बाहर जा रहे थे।"

"फिर जाओ खेलो। शोर-गुल मत मचाना !"

दोनों छात्र बड़े उत्साह से दौड़े। आठवीं कक्षा के विद्यार्थियों में चिल्ल-पों मच गयी। एक-दूसरे पर धौल-धप्पा जमाते वे खेल-मैदान की ओर भागे। एक के पैर से लगकर बरामदे में रखा फूलों का गमला गिरकर दो टुकड़े हो गया। चपरासी उसके पीछे-पीछे दौड़ा गया।

हेडमास्टर साहब चिन्तित मुद्रा में खेल-मैदान की ओर देख रहे थे। क्षणांत बाद बोले—रामेश्वर जी, स्कूल की दशा देख रहे हैं। इसका क्या उपाय है। हम दूसरों को उत्तरदायित्व का बोध कराते हैं। किन्तु स्वयं कहीं भटक गए हैं। ऐसी मनमानी शिक्षा-जगत् में आखिर कब तक चलती रहेगी ?

"सर आपको खबर मिल गयी होगी कि दुर्गा सिंह के बड़े भाई डकैती के केस में पकड़े गए हैं। सुनने में आया है कि डकैती में दुर्गा सिंह का भी सहयोग था। अब राम जाने सत्य क्या है।"

"यही तो मैं सोचता हूँ, न जाने हमारे अच्छे संस्कार कहाँ विलुप्त हो गए। आप मुझ पर बिगड़ रहे हैं कि मैं दिनेश कुमार का पक्ष ले रहा हूँ। आप मेरी मजबूरी अच्छी तरह से जानते हैं। अब ऐसे ही लोग यहाँ अनुशासन के अगुआ हैं। आप हम चिल्लाते रह जायेंगे, हमारी बातें नहीं सुनी जाएँगी।"

इस बीच सामने के लॉन से दिनेश कुमार कोई अखबार लिये चले आ रहे थे। उनके पीछे-पीछे दो शिक्षक और थे। मेरी इच्छा वहाँ से चलने को हुई, किन्तु हेडमास्टर साहब ने मुझे रोक लिया। दिनेश कुमार आकर कुर्सी पर बैठ गए। उन्हें शायद लगा कि उनके आने से हेडमास्टर साहब के साथ हमारी किसी गुप्त वार्ता में भंग पड़ गया है। मैं दिनेश कुमार की भंगिमा से उनकी भाषा समझने का आदी हो चुका था। मेरे ही मुँह से निकल गया—चलता हूँ सर, आप लोग बातें कीजिए।

मैं उठने लगा कि दिनेश कुमार बोल पड़े—हम लोग आपकी तरह कोई गुप्त वार्ता करने नहीं आए हैं। बैठिये, आप जा कहाँ रहे हैं ? आज के अखबार में राज्यसरकार ने स्कूल टीचरों का मकान-भत्ता बढ़ाने की घोषणा की है। मकान बनाने के लिए भी लोन मिलेगा। यह पढ़िए; क्या लिखा है।

अखबार हेडमास्टर साहब की ओर बढ़ा दिया गया। थोड़ी देर तक डी॰ ए॰, मकान-भत्ता और सरकारी कर्ज-ब्याज आदि पर चर्चा चलती रही। एक मास्टर ने कागज पर पूरा-पूरा हिसाब तैयार कर लिया था। बहुतों को एरियर भी देना पड़ेगा। हेडमास्टर साहब ने सिर हिलाया और दिनेश कुमार को सूचना दी कि जिला शिक्षा अधिकारी परसों दोपहर में स्कूल का निरीक्षण करने आ रहे हैं।

मास्टरों और छात्रों को सूचना दे दी गयी।

उस दिन सभी मास्टर बिल्कुल समय से और कायदे की वेशभूषा में आए।

दुर्गा सिंह तो आज पहचान में ही नहीं आ रहे थे। धोती-कुर्ता और बंडी में खूब जँच रहे थे। कई दिनों बाद आज उन्होंने दाढ़ी बनवायी थी। शिवकुमार बाबू अपनी टूटी चप्पल कहीं रख आये थे। पैरों में चमचमाते जूते थे।

मास्टर सावधान थे। सभी का अनुशासन पर ध्यान था। खेल-मैदान में दो कुत्तों पर दुर्गा सिंह की नजर पड़ी। उन्होंने जोर से चिल्लाकर छात्रों को दौड़ाया—मार भगाओ इन कुत्तों को। कुछ शिक्षकों के मन में काल्पनिक संवाद बन-बिगड़ रहे थे कि डिओ साहब कैसे क्या पूछेंगे। हम जवाब क्या देंगे।

उर्दू टीचर अहमद साहब की क्लास में ब्लैक बोर्ड आज पोंछकर साफ-सुथरा कर दिया गया था। और दिन उस पर चिड़िया, कुत्ते, फूल के चित्र बने होते थे अथवा टी॰ वी॰ के किसी विज्ञापन की पंक्तियाँ लिखी होती थीं।

हेडमास्टर ने ऑफिस में मकड़ी का जाल चपरासी को बुलाकर साफ कराया। टेबुल की काल बेल पिछले आठ-दस महीने से अलमारी में लुढ़की पड़ी थी। उसे पोंछकर टेबुल पर रख दिया गया। चपरासी के सामने दो-तीन बार घंटी बजाकर उन्होंने उसे समझाया कि घंटी की आवाज सुनते ही वह अंदर हाजिर हो जाय। मास्टरों को हिदायत थी कि सभी अपनी क्लास में रहें।

तीसरी घंटी साढ़े दस बजे बजी और मास्टर लोग अपनी क्लास पढ़ाने लगे। हरिनाथ पाण्डेय ने अपने छात्रों को एक लेख लिखने को दिया। ब्लैक बोर्ड पर विषय लिखा था—'हमारा प्यारा भारतवर्ष'।

छात्र लेख लिखने लगे और पाण्डेय की निगाह खिड़की के बाहर डिओ साहब की प्रतीक्षा में अटकी थी। ठेकेदार के काम का भी फैसला होनेवाला था। मैं नवीं कक्षा में इंगलिश पढ़ा रहा था कि दरवाज़े पर देखा, दिनेश कुमार खड़े हैं। उन्होंने मुझे बाहर बुलाकर कहा—डिओ साहब के स्वागत के लिए फूल की माला अभी तक नहीं आयी। पता नहीं हेडमास्टर साहब उसको गैरजरूरी क्यों समझते हैं।

"ठीक तो है हम कोई समारोह तो नहीं कर रहे हैं। डिओ इंस्पेक्शन में आ रहे हैं। उनके लिए माला जरूरी नहीं है।"

"अरे रामेश्वर बाबू, आपकी इतनी बड़ी उम्र हो गयी, इस व्यवहार को आप अब तक नहीं समझ सके ?"

"तो ठीक है। आप इसे उचित समझते हैं तो मँगा लीजिए। किसी छात्र को दौड़ा दीजिए।"

"यही तो बात है। छात्र कोई-सी भी माला उठाकर चला आएगा। कृपया आप स्वयं जाइए और चुनकर दो मालाएँ बढ़िया-बढ़िया लाइए।"

"अपनी क्लास छोड़कर मैं कैसे जा सकता हूँ ?"

"यह स्कूल का काम है। एक काम करने के लिए दूसरा काम छोड़ना ही

पड़ेगा। कहिए तो हेडमास्टर साहब से कहला दूँ ?"

मुझे माला लाने जाना पड़ा। लेकर आया। दिनेश कुमार इधर-उधर की व्यवस्था में लगे हुए थे। दूर सड़क पर कोई कार दिखाई पड़ जाती तो वे चौकन्ने हो उठते थे।

ऑफिस में बैठे-बैठे ऊबकर हेडमास्टर साहब बाहर आकर टहलने लगे। उनको देखकर दो टीचर भी क्लास छोड़कर बाहर आ गए। वे अपनी-अपनी घड़ी देख रहे थे। जिला शिक्षा अधिकारी को साढ़े ग्यारह बजे आना था, दो बज गए। बच्चों को छुट्टी नहीं दी जा रही थी। विद्यालय में तनाव-सा वातावरण बन गया था। इस कृत्रिम शांति और तनावपूर्ण अनुशासन में आज यह कोई दूसरा ही विद्यालय लग रहा था।

शिवकुमार बाबू को दौड़ाया गया कि जाकर पता लगाएँ कि डिओ साहब कहाँ फँस गये हैं। घंटेभर में शिवकुमार जी खबर लेकर लौटे कि डिओ साहब आज नहीं आ पाएँगे, क्योंकि टाउन-हॉल के मैदान में शाम पाँच बजे प्रदेश के मुख्यमंत्री जी आ रहे हैं। शहर के सारे छोटे-बड़े अफसर सुबह से वहीं टँगे हुए हैं।

"किन्तु मुख्यमंत्री जी के आने की खबर हमें पहले से नहीं थी ?" हेडमास्टर साहब ने कहा।

"खबर आज सुबह नौ बजे अचानक आई है। मुख्यमंत्री जी दंगे में घायल लोगों को रुपए बाँटने आ रहे हैं।"

अधिक कसे हुए बिस्तर की रस्सी के अचानक टूटते ही जिस तरह सारे कपड़े-लत्ते बिखर जाते हैं, उसी तरह स्कूल के छात्र-मास्टर इधर-उधर बिखर गए। विद्यालय अपने पुराने रूप में आ गया।

दिनेश कुमार हेडमास्टर साहब को लेकर उस स्थल की ओर चले गए जहाँ मुख्यमंत्री आने वाले थे।

नौ

रामेश्वर प्रसाद का ढोंग अब समझ में आया। विनम्रता के खेल में वह पक्का धूर्त है। ऐसे आदमी को पहली दृष्टि में समझ पाना कठिन होता है। उसकी वाणी का छल भला कौन समझ सकेगा। उन्होंने विद्यालय में प्रचार करना शुरू कर दिया है कि वे सीनियरमोस्ट हैं तो क्या हेडमास्टरी उन्हें नहीं चाहिए। किन्तु मेरे पास प्रमाण है कि इस पद के लिए उनका मन भीतर-भीतर ही छटपटा रहा है।

प्रसाद जी अच्छी तरह जानते हैं कि एक हायर सेकेंडरी स्कूल का प्राचार्य बनना गौरव की बात है। प्रतिष्ठा तो है ही, रोब-दाब भी रहता है। शिक्षक-चपरासी और कितने अभिभावक खुशामद में लगे रहते हैं। विद्याधर राय जी इस कुर्सी को काँटों का ताज कहते हैं। पर मुझसे क्या छिपा है। लोग इसी तरह मुँह बिदका कर अपनी कुर्सी का रोना रोते हैं। दूसरे के सामने रोने में भी एक सुख है। इतना कष्ट है तो आज से दस साल पहले ही क्यों नहीं छोड़ दी हेडमास्टरी। यह सब नाटक है। अधिकार से वंचित रहना कौन चाहता है। उनकी भी जाने की बेला आयी। रामेश्वर प्रसाद की अभिलाषाएँ आकाश छू रही हैं। इसलिए मेरे विरोध में जितना बन सकता है उतना प्रचार करने से वे बाज नहीं आते।

हरिनाथ पाण्डेय का मित्र होने का अर्थ यह तो नहीं है कि वह ठेकेदार भी मेरा मित्र है ! डेढ़ लाख के ठेके में वे लोग कितना बना लेंगे। तीस नहीं, चालीस हजार या पचास हजार। फिर उसमें कई लोगों के हिस्से भी तो हैं। जिला शिक्षा अधिकारी और मैनेजिंग कमिटी के चेयरमैन जिस दिन स्कूल में आए थे उस दिन मुझे स्कूल पहुँचने में कुछ देर हो गयी। मैं मार्केट की एक पंचायत में फँस गया था। उनका दौरा अचानक हुआ था। उस बीच उन्होंने ठेकेदार और हरिनाथ पाण्डेय से तरह-तरह के सवाल करके यह साबित करने का प्रयास किया कि कमरों के निर्माण में घटिया सामग्री लगाई जा रही है। हेडमास्टर साहब वहीं मौन साधे खड़े थे। रामेश्वर प्रसाद ने डिओ से अलग दस मिनट तक बात की। यह भी सुना कि कमिटी के चेयरमैन ने रामेश्वर प्रसाद को अपने घर बुलाया था। भीतर-भीतर खिचड़ी पक रही है। मुझे सब कुछ मालूम है। मैं भी चुप नहीं बैठूँगा। इस देश में मेरे जैसे सैकड़ों लोग प्राचार्य के पद पर आसीन हैं। उनमें क्या सुरखाब के पर लगे हैं ?

दूसरे दिन ही जाकर मैंने डिओ साहब को समझाया— आप इस स्कूल की पॉलिटिक्स से अवगत नहीं हैं। ये मास्टर किसी दिन आपको ही बदनाम कर देंगे। आपको क्या पड़ी है। मुआइना करके आपने थोड़ी डाँट-डपट कर दी, अच्छा किया। वह आपका फर्ज बनता था। लेकिन कान्ट्रेक्ट मत तोड़िएगा। जैसा बन रहा है बनने दीजिए। इस देश में इतने सरकारी निर्माण-कार्य होते हैं क्या वे सभी जायज ही होते हैं ? ये इंजीनियर, ठेकेदार कंक्रीट के पुल बनाकर अपना बिल भुना लेते हैं। और साल के भीतर ही वह पुल जर्जर हो जाता है। आदर्श भी वहीं पनपता है जहाँ अनुकूल परिवेश हो। आप एक बड़े अफसर हैं। इसलिए आप दूसरों को ईमानदारी और सच्चाई का उपदेश देंगे। सामनेवाले सभी लोग सिर हिलाकर आपकी बात सुन लेंगे, किन्तु बाद में करेंगे वही जो उनको करना है। अतः आप यह काम होने दीजिए। बाधा न डालिए।

मैं मैनेजिंग कमिटी के चेयरमैन कृपाशंकर जी के घर गया। वे अपने ड्राइवर

से बात कर रहे थे। वे एक बड़ी ट्रान्सपोर्ट कम्पनी के मालिक हैं। उनकी अठारह बसें और तीस ट्रक नेशनल परमिट पर हिन्दुस्तान की सड़कों पर दौड़ती रहती हैं। मैंने उन्हें भी बता दिया—आप जैसे धनीमानी और महान् लोगों को इन छोटी-छोटी बातों में पड़ना शोभा नहीं देता। मैं पूछता हूँ सर, विद्यालय की बिल्डिंग का सारा काम क्या जायज ही हुआ है ? आपने तो देखा ही होगा कि तीन साल के भीतर दक्षिण कोनेवाला पुस्तकालय का कमरा खस्ता हाल हो गया है। बरसात में छत टपकती है, दीवार की ईंटें उखड़ कर गिर रही हैं। पलस्तर हवा-पानी का एक झोंका भी नहीं सह सकता। कहाँ-कहाँ सुधार कीजिएगा ? एक ठेकेदार के सुधर जाने से आपका शिक्षा-जगत् नहीं सुधर जायेगा।

मेरी बात सुनकर कृपाशंकर जी हँसने लगे। काया से वे स्थूल हैं इसलिए मजाकिया भी हैं। अपने साथ बैठाकर उन्होंने मुझे चाय पिलाई और स्कूल की अन्दरूनी हालत का जायजा लिया। मेरे लिए यही माकूल मौका था। मैंने उन्हें बता दिया कि प्रींसिपल की पोस्ट के लिए मैं भी एक कैंडिडेट हूँ। उन्होंने रामेश्वर प्रसाद के बारे में पूछा। मैं खुलकर रामेश्वर जी की निन्दा करता तो चेयरमैन साहब कहते कि यह अपने स्वार्थ के लिए उनको काट रहा है। मैं उनकी ही बात धैर्यपूर्वक सुनता रहा। अन्त में इतना अवश्य कह दिया कि गिरधारी लाल आर्य उच्चतर विद्यालय में प्राचार्य भी कोई आर्यसमाजी ही होना चाहिए। रामेश्वर प्रसाद का आर्यसमाज से छत्तीस का नाता है। इसका ध्यान रखिएगा।

मेरी बात पर कृपाशंकर जी गंभीर हो गए। जिज्ञासा की—क्या वे माँस-मछली भी खाते हैं ?

"माँस-मछली ! अरे आप माँस-मछली की बात कह रहे हैं ? वे क्या नहीं खाते हैं। बेटा जब से इंजीनियर बना है, हर हफ्ते उनके घर मुर्गे की दावत चलती है।"

"राम ! राम !" कृपाशंकर जी का मुँह घृणा से ऐसे भर गया जैसे किसी ने सब्जी के बहाने उनके मुँह में मुर्गे की टाँग डाल दी हो।

"अब ज्यादा मत कहलवाइए सर ! जिस विद्यालय का प्राचार्य ही माँसभक्षी होगा, उस विद्यालय से आर्यसमाज की अर्थी निकलेगी। हवन और संध्यापूजन बन्द हो जाएँगे। पानी अभी सिर से नहीं निकला है। समय है चेत जाइए।"

हमारी बात चल ही रही थी कि फोन की घंटी बज उठी। सूचना थी कि कृपाशंकर जी की एक बस देहरादून में दुर्घटनाग्रस्त हो गयी है। ड्राइवर मर गया। क्लीनर को अस्पताल में भर्ती कराया गया है। उसकी भी हालत गंभीर है।

चेयरमैन साहब का चित्त अस्थिर हो गया। मैं उन्हें नमस्कार कर लौट आया। बड़े लोगों के झमेले भी बड़े होते हैं। घर पहुँचते ही मेरी पत्नी ने एक खबर सुनाई। रामेश्वर जी की पुत्रवधू कल अपने सारे आभूषण लेकर भाग गयी। आलोक

के पास जबलपुर खबर भेज दी गयी है।

मैं स्कूल गया तो हर एक की जुबान पर यही समाचार था। लोग तरह-तरह के अनुमान बता रहे थे। अहमद साहब का ख्याल था कि उस बहू का स्वभाव ठीक नहीं है, रामेश्वर जी बेटे की शादी करके पछता रहे हैं। लेकिन ड्रिलमास्टर दुर्गा सिंह को सुराग मिला था कि वह लड़की पहले से किसी और लड़के को चाहती थी। आलोक के साथ उसकी कभी नहीं बनी। शादी के डेढ़ साल बाद अपने पुराने प्रेमी के पास भाग गयी। प्रेम किसको चैन से रहने देता है।

लोग खबर की प्रामाणिकता जानने के लिए रामेश्वर प्रसाद को ढूँढ़ रहे थे। किन्तु उस दिन वे छुट्टी पर थे।

मुझे वह घटना याद आ गयी। एक अच्छे कुल की लड़की से आलोक की शादी का प्रस्ताव मैंने किया था। रामेश्वर प्रसाद टालते रहे। उन्हें शक था कि दिनेश कुमार के बीच में पड़ने से उन्हें उतना दहेज नहीं मिलेगा जितना किसी अपरिचित पार्टी से। इसमें शक नहीं कि दहेज मिला। किन्तु लड़की ठीक नहीं मिली। लोभ ने रामेश्वर प्रसाद को कहीं का न रखा। बनते तो हैं आदर्श पुरुष लेकिन उनकी अपनी ही बहू के कारण उनकी नाक कट गयी। मेरे बच्चों की पढ़ाई पर उन्हें हँसी आ गयी थी। मेरे बेटे पढ़ाई में चाहे नालायक ही थे लेकिन उन्होंने मेरी अवमानना कभी नहीं की। आलोक ने शादी के कई प्रस्ताव ठुकराये। अंत में बाप-बेटे वहाँ सहमत हुए जहाँ उन्हें दान-दहेज का अम्बार मिला। दहेज के विरोध में रामेश्वर प्रसाद घंटों बोल सकते हैं। वे बाहर के सैकड़ों चिराग जला देने की बात करते हैं लेकिन अपने ही घर के चिराग से बत्ती गायब है। अँधेरे में पड़े अपना सिर पीट रहे हैं।

ईश्वर अंधा नहीं है, वह सब कुछ देखता है। जो दूसरों पर हँसता है उस पर ईश्वर हँसता है। क्या किया था मैंने ? आलोक की पढ़ाई के लिए मैंने पाँच हजार कर्ज दिए। मैं पैसा वाला था और हूँ। किन्तु मेरी सहायता का मोल क्या इसलिए कम हो जाता है कि मैं धनी हूँ ? मेरे लिए भी एक-एक रुपये का वही महत्त्व है जो रामेश्वर प्रसाद के लिए है। रामेश्वर प्रसाद की पत्नी ने अमरकान्त जी की पत्नी से कहा कि क्या हो गया—दिनेश कुमार ने पाँच हजार दे ही दिया तो। उनके पास लाखों का धन सड़ रहा है। अब उस महिला को कौन समझाये कि कोई धन सड़ता नहीं। थोड़ी देर के लिए मान लें कि सड़ता है तो जो मैंने त्याग किया उसका क्या कोई मूल्य नहीं ?

पता चला कि जब ये बातें हो रही थीं उस समय रामेश्वर वहीं घर में बैठे स्कूल की कॉपियाँ जाँच रहे थे और हँस रहे थे। हँस ही नहीं रहे थे, उनके मुँह से यह भी निकला कि यह कौन-सी दिनेश कुमार के पसीने की कमाई है। जब मैंने ऐसे वचन सुने तो मेरे तन-बदन में आग लग गयी। ढोंगी आदमी ! कैसी

मीठी बोली बोलकर मुझसे पैसे ले गया ! हड़ताल के नाम पर कन्नी काट गया। स्वार्थ का पुतला !

मेरे रुपये लौट गये। लेकिन मेरा एहसान कहाँ लौटा ? वह तो जल्दी लौटता भी नहीं। हाँ लौटाने का वही मौका था जब मैंने उनसे कहा था कि आलोक की शादी की बात पक्की कर लें। या जब मैंने हड़ताल के लिए उनकी सहमति माँगी। तब भी वे मेरी इज्जत रख सकते थे। किन्तु मेरा सारा प्रस्ताव उनकी मीठी मुस्कान और विनम्र वाणी के कोहरे में विलीन हो गया। चतुर लोग हँसकर तीर चलाते हैं। उनकी लाठी भी नहीं टूटती और साँप भी मर जाता है।

न खोजो तो कुछ नहीं और खोज में लगो तो ढेर-सी बातें उभर-उभर कर ऐसे आने लगती हैं जैसे फटे स्वेटर की ऊन का कोई छोर हाथ लग गया हो। उभरा तो उभरता ही चला गया।

इस आदमी को समझ पाना इसलिए कठिन है कि यह बोलता कम है। ईश्वर जाने इससे लोग प्रभावित कैसे हो जाते हैं। रामेश्वर प्रसाद को शायद यह नहीं मालूम कि भीड़ को जुटाने के लिए डंके की चोट चाहिए, सितार की झंकार नहीं। अच्छा हुआ जो नाटक में इन महोदय की नकल उतारी गयी। ये अपने को सबसे अलग समझते हैं। आप सुपिरियर अपने लिए हो सकते हैं, किन्तु हमारी निगाह में तो आप एक साधारण स्कूल टीचर ही हैं—'इंगलिश टीचर'।

प्राचार्य पद के लिए तीन आदमी प्रत्याशी हैं। मैं, रामेश्वर प्रसाद और नगीना चौधरी। नगीना चौधरी हरिजन हैं। एस० सी० कोटे से आए हैं। इतिहास पढ़ाते हैं। उनके भी अपने अनोखे तर्क हैं। कहीं से वे सुनकर आए हैं कि बड़े-बड़े मंदिरों में अब हरिजन पुजारी रखे जा रहे हैं तो क्या स्कूल-कॉलेज में हरिजन प्राचार्य नहीं रखे जा सकते ?

प्राचार्य हरिजन हो या ब्राह्मण-कायस्थ हो इससे कोई फर्क नहीं पड़ता। हाँ, उसे योग्य होना चाहिए। कुछ की दृष्टि में योग्यता भी बहस की चीज है। यह सब सेलेक्शन कमिटी ही तय करेगी। और सवाल वहाँ खड़े होंगे जब कट्टर आर्यसमाजी कृपाशंकर जी खूँटे की तरह अड़ जायेंगे। इस विद्यालय में उनकी दृष्टि में शिक्षक की एक बड़ी योग्यता उसका आर्य समाजी होना है। उस कसौटी पर हम तीनों में कोई खरा नहीं उतरता। ऊपर से हम चाहें जो बन लें।

फिर भी मैं निराश नहीं हूँ। कमिटी के एक-एक मेम्बर से मिल चुका हूँ। अधिकारियों से भी मिला हूँ। उनमें एक प्रोफेसर साहब भी हैं। उन्हें बम्बई का रेल-आरक्षण नहीं मिल रहा था। मैंने सिफारिश लगाकर टिकट दिलवा दिया। ट्रेन छूटते समय उन्होंने मुझसे पूछा—कब है आपका इन्टरव्यू ?

"सर अब आप ही लोगों पर निर्भर है। जब डेट रखें और जिसे कुर्सी पर बैठाएँ।" मैंने कहा।

संतरे की आधी फाँक खिड़की से मेरी ओर बढ़ाते हुए बोले—लीजिए खाइए। खाइए। चिन्ता मत कीजिए। सब ठीक होगा।

उम्मीदों का ज्वार लिये मैं उस दिन अपने घर लौटा। इन्टरव्यू के दिन तक अपनी कोशिश में कोई कोर-कसर नहीं छोड़नी है। कमिटी में हर तरह के लोग हैं। एक-आध ऐसे भी हैं जो छठी क्लास में घर लौटे तो दुबारा स्कूल का मुँह नहीं देखा। लेकिन वे सामाजिक रुतबा बटोर कर आगे बढ़े। हमें उनकी भी खुशामद करनी पड़ती है। अब उस दिन का इन्तजार है।

दस

गिरधारीलाल आर्य उच्चतर विद्यालय के शिक्षक-परिवार में तब न कोई दल था और न पार्टीबाजी। सभी जैसे एक संस्था के सूत्र में बँधे थे। किन्तु वैसी बात अब नहीं रही। जिस दिन जिला शिक्षा अधिकारी का यहाँ आकस्मिक दौरा हुआ था उसी दिन इस विद्यालय में दो गुट बन गए।

इस विद्यालय में जो भी शिक्षक आया वह भोला-भाला इंसान था। किन्तु समय की हवा लगते ही उसका रंग बदल गया। यह विद्यालय बदनाम नहीं होता। दिनेश कुमार और हरिनाथ पाण्डेय जैसे लोगों के कारण ऐसे दिन देखने पड़े। समाचार-पत्रों में खबरें छपीं और आलोचना हुई। प्रींसिपल के पद के लिए ऐसी छीछालेदर कभी नहीं हुई थी। यह बाजार का सौदा बन गया है। समाचार पत्रों में जब से विज्ञापन हुआ है तभी से इसके प्रत्याशी भाँति-भाँति के हथकंडे अपनाकर कुर्सी पर बैठ जाना चाहते हैं। स्कूल कमिटी के चेयरमैन और सदस्यों के मन में क्या है कुछ पता नहीं। लेकिन लगता है कि इस दौड़ में सफल होना लोहे के चने चबाने के समान है।

एक आवाज यह भी उठ पड़ी है कि जो सबसे वरिष्ठ शिक्षक होगा, चेयरमैन उसे ही प्रींसिपल बनाना चाहते हैं। इस दृष्टि से शिवकुमार और रामेश्वर प्रसाद दोनों योग्य हैं क्योंकि वे दोनों एक ही दिन इस विद्यालय में आए थे। वरिष्ठता की दृष्टि से वे समान हैं किन्तु शैक्षिक योग्यता और प्रतिष्ठा की दृष्टि से रामेश्वर प्रसाद ऊपर हैं। रामेश्वर प्रसाद जी आज निर्विवाद रूप से सबसे ऊपर होते। वे पी॰ जी॰ टी॰ हैं किन्तु उन पर झूठा केस बनाया गया कि उनकी एम॰ ए॰ की उपाधि जाली है। इस आधार पर उनका सेलेक्शन ग्रेड रोक दिया गया। स्वयं मैंने कमिटी के सामने कहा कि रामेश्वर प्रसाद जैसा शिक्षित आदमी ऐसा घृणित कार्य नहीं कर सकता। उनकी एम॰ ए॰ की डिग्री खरीदी हुई नहीं है। डिग्री सही है और वे योग्य हैं।

कमिटी का एक सदस्य मेरी बातों पर हँसा और बोला—हेडमास्टर साहब, आप अपना जमाना भूल जाइए। आज सब कुछ सम्भव है। ये शिक्षित लोग कैसे-कैसे घृणित कार्य करते हैं, आपको शायद नहीं मालूम। तभी तो चिराग तले अँधेरा कहा जाता है।

मेरी बात अनसुनी कर दी गयी और रामेश्वर प्रसाद से कहा गया कि वे अपनी एम॰ ए॰ की योग्यता प्रमाणित करें। रामेश्वर प्रसाद के लिए इससे बढ़कर चुनौती दूसरी क्या हो सकती थी। उनकी विश्वविद्यालय की भागदौड़ शुरू हुई। दिनेश कुमार पीछे पड़े रहे। यहाँ तक कि विद्यालय में दुष्प्रचार किया गया कि रामेश्वर प्रसाद की पोल खुल गयी। उनकी सारी डिग्रियाँ जाली हैं। वे अब त्यागपत्र देकर जा रहे हैं। त्यागपत्र नहीं देंगे तो हम उन्हें कक्षा में घुसने नहीं देंगे। छात्र भौंचक थे। क्या इस दुनिया में जाली डिग्रीवाले भी मास्टर हैं !

रामेश्वर प्रसाद की भागदौड़ सफल हुई। वे विश्वविद्यालय से पत्र लेकर आए। उनकी डिग्री जाली नहीं थी।

यह सनसनीखेज समाचार खत्म हुआ किन्तु तब भी कुछ लोगों के प्रयास जारी रहे। एक दिन कृपाशंकर जी का संदेश आया कि वे मुझसे मिलना चाहते हैं।

मैं उनके घर पहुँचा। वहाँ पहले से कुछ लोग मौजूद थे। कृपाशंकर जी पूजा पर बैठे थे। प्रतीक्षा में खड़े लोगों में चर्चा थी कि कृपाशंकर बड़े धार्मिक पुरुष हैं। उनके घर में राम, कृष्ण और शिव की मूर्त्तियाँ हैं। चमकते संगमरमर की ये कीमती मूर्त्तियाँ जयपुर से मँगाई गयी हैं। काफी पैसा लगा है। धर्म के कार्य के लिए कृपाशंकर जी पैसे का मोह नहीं करते।

किसी ने कहा—इतना बड़ा धर्मात्मा संतानहीन कैसे हो गया। ईश्वर के न्याय में भी चूक हो जाती है।

दूसरे ने कहा—सुना है, दो शादियाँ हैं। लेकिन संतान किसी से नहीं है।

ईश्वर सर्वांगपूर्ण किसी को नहीं बनाता। कोई न कोई अभाव छोड़ देता है। इतनी धन-दौलत और सामाजिक प्रतिष्ठा के बाद बेचारे एक संतान के लिए तरसते रहे।

कृपाशंकर जी आ गए। लोग खामोश हो गए। खड़े होकर हमने अभिवादन किया।

कितना कुशल है यह आदमी ! प्रत्येक व्यक्ति से अलग-अलग ढंग से बात कर रहा है। उनकी समस्याएँ सुन रहा है। सामाजिक, धार्मिक, राजनीतिक और आर्थिक सब प्रकार की समस्याएँ थीं। मुझे लगा कि कृपाशंकर के पास बुद्धि और शरीर दोनों हैं। वे कहीं भी खड़े हो जायँ, अपनी विशाल काया के कारण पहचान लिए जाएँगे। धोती-कुर्त्ते के ऊपर नीले रंग की जवाहर बंडी उस श्यामवर्ण पर

अच्छी लग रही थी। चेहरे के अनुरूप आँखें बड़ी नहीं थीं, किन्तु उनमें चमक ज्यादा थी। अपनी बात वे इस ढंग से रखते थे कि कोई भी असंतुष्ट न हो। यही तो व्यवहार-कुशलता है। कृपाशंकर जी की शिक्षा मैट्रिक तक है। किन्तु बड़े-बड़े एम. ए., पी-एच. डी उनके सामने सिर नवाते हैं।

मेरे पहले जो हेडमास्टर थे उनकी चेयरमैन से जरा कम पटती थी। लेकिन तब कृपाशंकर जी स्कूल कमिटी में नहीं थे। हेड्मास्टरी करते मुझे इतने दिन हो गए। आज तक चेयरमैन के साथ किसी प्रकार की टकराहट की नौबत नहीं आयी। न मालूम कैसा जादू है इस आदमी में कि सभी को अपने अनुकूल बना लेता है। हर तनाव को यह अपनी मीठी मुस्कान से तोड़ देता है। सुना है कि अगले चुनाव में इन्हें टिकट मिलने वाला है। किस पार्टी से चुनाव लड़ेंगे और चुनाव चिह्न क्या होगा, अभी यह पता नहीं।

दर्शनार्थियों की भीड़ छँटते ही कृपाशंकर जी मुझे देखकर मुस्कुराए।

"कहिए हेडमास्टर साहब, आप कैसे हैं ?" कृपाशंकर जी ने अपनी कुर्सी मेरी तरफ थोड़ी खिसका ली।

"बिल्कुल ठीक हूँ सर ! आपका संदेश गया था।"

"हाँ, पहले यह बताइए कि कुछ जलपान मँगवाऊँ आपके लिए ?"

"जी नहीं, जरूरत नहीं है। जल्दी लौटना भी है।"

चेयरमैन ने मेरे मना करने पर भी नौकर को आदेश दे दिया। प्लेट में मिठाई, नमकीन के साथ चाय आ गयी। चाय पीते हुए उन्होंने पूछा—राय जी, स्कूल के बारे में लोग तरह-तरह की चर्चा कर रहे हैं। अगले प्राचार्य के पद के लिए जो लोग दावेदार हैं उनमें खुलकर दुश्मनी चल रही है। यह सब क्या हो रहा है ?

"यही तो मैं सोच रहा हूँ सर। हमारे विद्यालय में आज तक ऐसी बातें सुनने में नहीं आईं। रामेश्वर प्रसाद के बारे में उड़ाया गया कि उनकी डिग्री जाली है। लेकिन ऐसी बात नहीं थी।"

"ये दिनेश कुमार जी कैसे टीचर हैं ?"

"कैसे हैं, यह बताना जरा कठिन है, किन्तु टीचर हैं।"

मेरे जवाब पर कृपाशंकर जी हँस पड़े। भारी शरीर थोड़ी देर तक हिलता रहा। कुछ दूरी पर कार के पास खड़े उनके नौकर वहाँ से हँसते हुए नजर आए। कृपाशंकर ने ड्राइवर को पुकार कर कहा कि गाड़ी तैयार करे।

"मुझे उनके बारे में कुछ गलत बातें सुनने को मिली हैं। क्या दिनेश कुमार की अपनी पत्नी से नहीं बनती ?"

"पत्नी !" मैं संकोच में पड़ गया कि इन्हें क्या जवाब दूँ। जानता तो बहुत कुछ हूँ किन्तु चेयरमैन से अपने एक सहयोगी की निजी बातों पर चर्चा करना शोभनीय नहीं।

मुझे चुप देखकर कृपाशंकर जी बोले—सुना है उनकी पत्नी और बेटे उनसे अलग रहना चाहते हैं। शायद कोर्ट का भी सहारा लें।

"हो सकता है।"

"हो सकता है नहीं, आप संकोच में नहीं कहना चाहते लेकिन सच्चाई है कि पत्नी और बेटा दोनों दिनेश कुमार से रुष्ट हैं। चरित्र के कैसे हैं दिनेश कुमार ?"

"क्या किसी ने कुछ कहा है ?"

चेयरमैन उठकर खड़े हुए और मेरे कंधे पर हाथ रखे अपनी कार तक चल पड़े। हम दोनों कार में बैठ गये। मुझे लगा कि कृपाशंकर जी आज अचानक स्कूल का दौरा करने वाले हैं। रास्ते में उन्होंने कहा—दिनेश कुमार का अपनी ससुराल में किसी अन्य स्त्री से अवैध संबंध है। एक आदमी आकर मुझे बता गया था।

"कोई और भी साथ में था ?"

"हाँ, एक मास्टर साहब थे। वही, क्या नाम है—हाँ दुर्गा सिंह थे।"

"दुर्गा सिंह ? अच्छा !"

मुझे आश्चर्य हुआ। इसलिए नहीं कि दिनेश कुमार के चरित्र पर ऐसी बातें क्यों कही जा रही हैं। बल्कि दुर्गा सिंह की उपस्थिति पर मुझे हैरानी थी। जो स्वयं डकैती के केस में फँसा हो वह दूसरे के चरित्र पर उँगली उठा रहा है। और दुर्गा सिंह को ऐसी बातें चेयरमैन से कहने का साहस कैसे हुआ ? यह आदमी भी खूब है। पता ही नहीं चलता कि किस दिन किसके साथ है। आज दोस्ती, कल दुश्मनी।

कृपाशंकर जी ने उन सभी के बारे में मुझसे पूछताछ की जो लोग प्राचार्य पद के प्रत्याशी थे।

स्कूल के सामने चेयरमैन की कार से मुझे उतरते हुए कई मास्टरों ने देख लिया था। उनके बीच चर्चा शुरू हो गयी कि हेडमास्टर साहब दिनेश कुमार की सिफारिश करने गए थे। कुछ का अनुमान था कि रामेश्वर प्रसाद के बारे में राय जी ने चेयरमैन से बातें की हैं।

अनदेखी बातों में प्रवाद के अमित भंडार होते हैं। कई दिनों तक ऐसी ही चर्चा चलती रही। एक चपरासी से यह भी मालूम हुआ कि चेयरमैन ने हेडमास्टर को बुलाकर डाँटा है कि दिनेश कुमार के विरोध में वे क्यों बोलते हैं।

दुनिया के मुँह में कैसी-कैसी अफवाहें पलती हैं। सरस्वती के मंदिर में यह सब क्या हो रहा है। मास्टर-हेडमास्टर, चेयरमैन इन सबकी शक्ति अन्दरूनी लड़ाइयों और एक-दूसरे के चरित्र-हनन में ही खर्च हो रही है।

कुछ दिनों से दुर्गा सिंह मुझसे ठीक से बात नहीं कर रहे थे। मेरे सामने पड़ते ही उनका मुँह-गाल फूल जाता है। मेरी टेबुल के पास आते थे और बिना

कुछ बोले उपस्थिति रजिस्टर पर अपने दस्तखत करके चले जाते थे। पहले स्कूल की किसी भी समस्या पर, बैठकर मुझे सुझाव देते थे। अब खामोश रहने लगे थे। मुझे उनकी खामोशी अच्छी नहीं लगती थी। वर्षों के दो परिचित आमने-सामने अपना-अपना मुँह बाँधे बैठे रहें, यह एक बड़ी यंत्रणा है। यदि दुर्गा सिंह को मुझसे कुछ शिकायत ही है तो वे खुलकर मुझसे क्यों नहीं कहते। संदेह की आग में वे अपने को झुलसा रहे हैं।

मुझसे नहीं रहा गया। मैंने उनसे पूछ लिया—दुर्गा बाबू, अगले स्वतंत्रता दिवस पर प्रदर्शन के लिए छात्रों को ड्रिल का अभ्यास करा रहे हैं न ?

उन्होंने जैसे मेरी बात सुनी ही नहीं। बाहर निकल गए। हमारी जिज्ञासा पर दूसरों की मूकता उपेक्षा मानी जाती है। मैंने सोचा ही नहीं था कि ड्रिल मास्टर मेरी उपेक्षा इस प्रकार करेंगे।

एक दिन मैं उनके आवास पर गया। सुबह की धूप में कुर्सी पर बैठे वे अपने मकान की सामनेवाली सड़क को देख रहे थे। सैकड़ों सवारियों का आना-जाना लगा था। यह गोरखपुर शहर भी अब कितना व्यस्त हो गया है। यहाँ से रेलवे स्टेशन दूर नहीं है। मिनट-मिनट पर ट्रेनों के आने-जाने और उनकी सीटी की आवाज सुनाई पड़ती है।

दुर्गा सिंह के इस मकान पर आज मैं दूसरी बार आया था। पहली बार तब जब उन्होंने शहर के सैकड़ों लोगों को गृहप्रवेश के अवसर पर प्रीतिभोज में आमंत्रित किया था। तब लगा था कि उनका यह नया मकान शहर के एक छोर पर है। खाली-खाली निर्जन-सा। लेकिन इन दस-बारह वर्षों में वही स्थान जनसागर में डूब गया है।

प्रीतिभोज में दुर्गा बाबू उस दिन बड़े खुशमिजाज दिख रहे थे। उल्लास के साथ वे सभी का एक-दूसरे से परिचय करा रहे थे। उनके गाँव से भी बीसों लोग आए थे। तब हँसते हुए उन्होंने अपने पिता का परिचय मुझसे कराया—ये मेरे पिताजी हैं पृथ्वीराज सिंह। पिताजी नहीं चाहते थे कि मैं शहर में मकान बनवाऊँ। लेकिन शहर-गाँव की मेरी भागदौड़ और परेशानी देख अंत में मान गए। इनकी ही कृपा से यह मकान बना है।

बूढ़े पृथ्वीराज सिंह हँसने लगे। हाथ जोड़कर मुझसे बोले—हेडमास्टर साहब, मेरे दुर्गा पर कृपा रखिएगा। मैं समझ रहा था कि यह आवारा निकलेगा। लेकिन खेलकूद में आगे निकल गया तो ड्रिल मास्टर की नौकरी पा गया।

"दुर्गा बाबू अब इतने समझदार हैं कि सबकी ड्रिल करा दें।"

मेरे परिहास पर हँसी फूट पड़ी। उल्लास में दुर्गा सिंह ने मुझे बहुत खिलाया। हँसी-हँसी में मैं सात-आठ रसगुल्ले खा गया। तब पेट को अपनी ताकत पर नाज था। खाने-खिलानेवाले दोनों जवान थे। आज दोनों बूढ़े हैं। दुर्गा सिंह

मुझसे केवल दो साल छोटे हैं।

रिक्शे से मुझे उतरते देख दुर्गा बाबू का ध्यान भंग हो गया।

"आप, इधर ?"

होंठों पर दो शब्द थे किन्तु आँखों में लम्बे-लम्बे वाक्य थे। मुझे अचानक अपने घर पर देखकर दुर्गा सिंह को यकीन नहीं हो रहा था। मैं कहना चाहता था कि मेरे भाई, तुम जो इस तरह रूठे-रूठे रहते हो इससे मेरा मन भारी रहने लगा है। मैं तो रूठा नहीं हूँ किन्तु बोझ मैं ही ढो रहा हूँ। नहीं जानता कि तुम अपने मन में क्या सोच रहे हो।

मैं दुर्गा सिंह के घर उनका मित्र बनकर आया था किन्तु उन्होंने यहाँ भी मुझे मित्र से ज्यादा हेडमास्टर माना। कुर्सी दी, मैं बैठ गया। उनके घर में थोड़ी हरकत हुई कि हेडमास्टर आए हैं।

स्वागत-सत्कार के बाद मैंने उनसे पूछा—

"आप कृपाशंकर जी से इधर मिले थे ?"

"हाँ मिला था, तीन-तीन बार मिला था। उन्होंने मुझे बुलाया था।"

"अच्छा !"

मुझे स्वीकार में 'अच्छा' नहीं कहना चाहिए था। क्योंकि उसकी ध्वनि से दुर्गा सिंह मेरे आश्चर्य को भाँप गए। वे कहने लगे—चेयरमैन आजकल स्कूल की गतिविधि पर गहराई से नजर रख रहे हैं। भावी प्राचार्य की खोज में हैं। और आपसे बता दूँ कि वे दिनेश कुमार के खिलाफ हैं।

आधे घंटे की बातचीत में मुझे मालूम हो गया कि कृपाशंकर जी दोरंगी चाल चलकर स्कूल के मास्टरों में फूट डालना चाहते हैं। उनकी दृष्टि में प्राचार्य पद के योग्य न दिनेश कुमार हैं और न रामेश्वर प्रसाद। तो फिर कौन है ? क्या कोई उनका अपना आदमी तो नहीं है ?

दुर्गा सिंह ने इस बात से इंकार किया कि दिनेश कुमार के चरित्र के विषय में उन्होंने चेयरमैन से कुछ कहा है।

मैं यही पूछने गया था। यदि दुर्गा सिंह की बातें सच हैं कि हम मास्टरों को कृपाशंकर जी अपनी राजनीति के मोहरें बनाकर खेल रहे हैं, तब फिर उनका उद्देश्य क्या है। हमारा स्कूल न कोई पार्टी दफ्तर है और न यहाँ राजनीति के झंडे गड़े हैं। ऐसा व्यवहार कर चेयरमैन कौन-सी सिद्धि प्राप्त कर लेना चाहते हैं। तो क्या उनकी हँसी से भरी बातें, मेरे कंधे पर उनकी हथेली का वह आत्मीय स्पर्श और पान की गिलौरियाँ आदि में कोई रहस्य छिपा था ?

अब कुछ ध्यान आ रहा है कि कृपाशंकर जी मुझसे और कुछ भी कहना चाहते थे लेकिन खुले नहीं। कार से जब मैं उतर रहा था तब वे इतना ही बोले—राय जी, हम लोग कभी फिर स्कूल की समस्या पर विचार करेंगे। आप

अनुभवी हेडमास्टर हैं, आप ही की राय से कुछ होगा।

तब मैं उत्साह से भर उठा था। चेयरमैन मेरा महत्त्व स्वीकार करते हैं।

लेकिन दुर्गा सिंह ने जो कुछ बताया है उससे तो लगता है कि कृपाशंकर जी रहस्यों के पुंज हैं। हे भगवान, आदमी भी क्या चीज है।

ग्यारह

इधर आठ-दस रोज से सर्दी बढ़ गयी है। माघ का महीना है। सड़कों पर आवाजाही कम है। लोग ठिठुरे-ठिठुरे चल रहे हैं। सुबह के साढ़े आठ बजे हैं किन्तु बाहर निकलने का मन नहीं करता। तभी खिड़की से देखा कि अमरकान्त जी अपना काला कोट पहने और माथे पर मफलर बाँधे मेरी तरफ आ रहे हैं। उनके आने का समय यह नहीं है। अक्सर वे शाम में ही आते हैं।

मैंने उन्हें अन्दर बैठाया। सामने कोयले की अँगीठी रख दी।

"आज का अखबार आपने पढ़ा ?" उन्होंने पूछा।

"इस ठंड में बिस्तर छोड़ने का मन नहीं कर रहा है। अखबार बाहर पड़ा होगा। कोई खास बात ?"

"दिनेश कुमार पुलिस की हिरासत में हैं।"

"क्या ?"

"जी !"

"अभी परसों सुबह हमने उन्हें देखा था। आप क्या कह रहे हैं ?"

"पुलिस ने परसों शाम में उन्हें गिरफ्तार किया है।"

अमरकान्त इत्मीनान से बैठ गये और पूरी कथा सुनाई। दिनेश कुमार का लड़का रमेश जिस प्लास्टिक फैक्ट्री को चलाता है, उसमें पिछले सोमवार को एक आदमी आग से झुलसकर बेहोश हो गया और दो घंटे में उसकी मृत्यु हो गयी। उसी दिन दिनेश कुमार ने उसी फैक्ट्री के पीछे दीवार से सटकर गड्ढा खोदवाकर उस शव को गड़वा दिया। गड्ढा खोदनेवाले मजदूर को काफी पैसा देकर यह काम रातोंरात कराया गया। किन्तु उस मजदूर के किसी दोस्त ने जाकर थाने में रपट लिखा दी। पुलिस ने लाश को बाहर निकाल लिया है। दिनेश कुमार ने जमानत की बड़ी कोशिश की लेकिन बात नहीं बनी। लोग अभी भी उन्हें छुड़ाने की कोशिश में हैं।

इतनी बड़ी बात हो गयी और मुझे भनक तक नहीं। इस शहर में क्या से क्या हो जाता है। अमरकान्त जी कल दिनभर इसी काम में उलझे रहे। सुनकर मुझे आश्चर्य और दुःख हुआ। दिनेश कुमार जैसे समझदार आदमी की आँखों पर

पर्दा कैसे पड़ गया।

उन्होंने समझ लिया कि धन से लोगों की जुबान बन्द की जा सकती है।

मैं जल्दी-जल्दी तैयार होकर स्कूल गया। सबकी जुबान पर यही चर्चा थी। आज दिनेश कुमार के न होने से लगता था कि विद्यालय गूँगा बन गया है। हेडमास्टर साहब उदास थे। कुछ लोग दिनेश कुमार से हवालात में मिल आए। उनको जमानत पर छुड़ाने की बात चल रही थी।

अहमद साहब से इस दुर्घटना का दूसरा पहलू मालूम हुआ। जो युवक मजदूर मरा था वह नवविवाहित था। पिछले महीने ही अपनी पत्नी को गोरखपुर लाया था और फैक्ट्री से थोड़ी दूर किराए के एक कमरे में रहता था। फैक्ट्री का मालिक रमेश कुमार उस नवयुवती पर आसक्त हो गया। संभव है बात आगे बढ़ गयी हो और रमेश ने अपनी राह के रोड़े को हटाना चाहा हो। बाप-बेटे दोनों अन्दर हैं।

उस दिन छिटपुट कक्षाएँ लगीं। मास्टर और छात्र इसी चर्चा में उलझे रहे। हेडमास्टर ने टिफिन के बाद छुट्टी की घंटी बजवा दी। इससे तो और गड़बड़ हुआ। आधे दिन की अप्रत्याशित छुट्टी के कारण इतना प्रचार हुआ कि हर आदमी की जुबान पर दिनेश-रमेश चढ़े रहे। सैक्स-स्कैंडल का हर बयान नया और रोचक होता है।

पाँच दिन बीत गए। छठे दिन हमें सफलता मिली। दिनेश कुमार को जमानत पर छुड़ाकर लाए। किन्तु रमेश की जमानत नहीं हुई। उस पर हत्या का आरोप था।

दिनेश की जगह कोई दूसरा आदमी होता तो इस घटना से दुखी होकर कहीं अलग बैठा रहता। लेकिन दिनेश पर कोई असर नहीं था। वही पुराना रवैया। सप्ताह के भीतर उनका पुत्र भी हवालात से बाहर आ गया। मुकदमा चल रहा था। दिनेश के पास धन था। वही इस मामले में काम आया। प्रतिष्ठा बचाने के लिए उन्होंने पैसा पानी की तरह बहाया। पैसे से कानून की गति शिथिल होने लगी थी।

इस दुर्घटना से दिनेश कुमार की साख को कुछ धक्का लगा। उनके भावी प्राचार्य की संभावनाओं पर प्रश्नचिह्न लग गया। अफवाहों का बाजार गर्म हो गया। हर बात उनके पास पहुँचने लगी। मेरी तरफ से कोई जासूस नहीं था। दिनेश कुमार की ओर से चपरासी तक जासूसी करते थे। यहाँ तक कि मेरी प्रतिपल की गतिविधि की खबर दिनेश कुमार के पास होती थी। जिस दिन मेरी पुत्रवधू रुष्ट होकर अपने मैके चली गयी थी उस दिन दिनेश कुमार ने ही अपने द्वारा सृजित अनेक अनुमानों और शंकाओं से पूरे विद्यालय-परिसर का मनोरंजन किया था। मनोरंजन की इस दुनिया में सच्चाई तक पहुँचने की कोशिश कितने लोग

कर पाते हैं।

न मालूम मुझे क्या हो गया था कि पिछले चार-पाँच महीनों से मैं बार-बार अपने को ही समझने-जानने की कोशिश कर रहा था। बड़ी अजीब बात है। अपने को कौन नहीं जानता। इतनी उम्र तक क्या मैंने अपने को नहीं पहचाना ? फिर यह कोशिश क्यों ? शायद इसलिए कि दुनिया का माहौल अब बदला-बदला-सा नजर आने लगा है। मेरी दुनिया क्या है, कितनी बड़ी है। सभी जानते हैं कि एक स्कूल मास्टर की दुनिया छात्रों और किताबों में सिमटी है। पर अब किताबों की भी कौन पूछता है। पढ़ना कोई जरूरी नहीं। कोरे उपदेश के लिए ज्ञान आवश्यक नहीं।

क्या मैं गलत पेशे में आ गया ? मेरी नियति के नियामक दिनेश कुमार जैसे ही लोग हैं ? प्रतिमा के सामने मैंने संकल्प लिया था कि मैं कायर नहीं हूँ। मेरा जो अधिकार है वह लेकर रहूँगा। इसी स्वर में चुनौती दिनेश कुमार ने भी दी है। मेरे बारे में प्रचार करा दिया गया है कि स्कूल का प्रशासन मुझसे नहीं चल पाएगा। चुनौती की यह चिकोटी मेरे तन-मन में वेदना पैदा कर रही है। ध्यान से सुन लो, दिनेश कुमार, तुमने अभी मुझ रामेश्वर प्रसाद को समझा नहीं है। शायद तुम जैसा आदमी मुझे सात जन्मों में भी न समझ पाए। तुम जैसे लोगों के पास दूसरों को समझने की फुर्सत कहाँ है। तुम्हारी दुनिया व्यापार की है, एक ऐसा व्यापार जिसमें मानव-कल्याण गौण है और आत्मसंवर्द्धन प्रमुख है। तुम लाखों-करोड़ों जुटाने में लगे हो। तुम्हारी आँखों में सम्पदा का मोतियाबिन्द सट गया है। क्या सत्य है, क्या कल्याण है और क्या सुन्दर है, तुम नहीं देख सकते मेरे मित्र। हाँ, तुम लोगों के व्यवहार से मुझ जैसे लोग सर्वदा दुखी होते रहेंगे।

तुमने ही तो मेरे खिलाफ प्रचार किया था कि रामेश्वर प्रसाद की पुत्रवधू घर छोड़कर भाग गयी। वह अपने पति को नहीं चाहती थी। उसे किसी दूसरे से प्यार था। ओफ् ! अफवाह की भी आवाज कितनी ऊँची होती है। वह बड़ी संक्रामक होती है। फैलती है तो दूर-दूर तक चली जाती है। इससे मेरी प्रतिष्ठा पर आँच आई और तुम्हें खुशी हुई। परन्तु बात समझ में नहीं आती कि यदि मेरी पुत्रवधू घर छोड़कर भाग ही गयी तो इससे मेरे प्राचार्य बनने की योग्यता कैसे प्रभावित हो गयी। क्या इससे कहीं मेरा चरित्र जुड़ा है ? ऐसा किसी ने न कहा। अलबत्ता, तुम दूध के धुले नहीं रह गए। तुम्हारे ही पुत्र ने अपनी वासना की आँधी में तुम्हें लपेटकर हत्या के षड्यंत्र का सहयोगी बना दिया। कलंक तो लग गया। अब धोते रहो।

यह हमारा-तुम्हारा आपसी मामला है। हमारे जीवन का निजी प्रसंग। लेकिन नौकरी हमारा निजी प्रसंग नहीं है। मास्टरी एक पेशा है, उसमें हमारी अर्थ की

समस्या सुलझ सकती है। किन्तु हर भावना स्कूल से जुड़ जाय, ऐसा नहीं होगा। होना भी नहीं चाहिए।

चेयरमैन कृपाशंकर हमारी निजी बातों में दखल क्यों देते हैं। उनका-हमारा रिश्ता क्या है ? बस इतना ही न कि वे हमारी स्कूल कमिटी के चेयरमैन हैं। चेयरमैन आते हैं और चले जाते हैं। उनकी निगाह में हम मास्टर से अधिक नहीं हैं और इसके बाहर उन्हें अपनी निगाह दौड़ानी भी नहीं चाहिए। देख रहा हूँ, जब से इस विद्यालय में भावी प्राचार्य का प्रश्न उठा है, उनका हस्तक्षेप बढ़ता ही जा रहा है। मेरी डिग्री पर शक करनेवालों में वे भी शामिल थे। मेरी पुत्रवधू के मैके जाने की घटना में उन्होंने अधिक दिलचस्पी दिखाई। यह बात केवल मेरे साथ ही नहीं हुई। तुम स्वयं इसके शिकार बने। तुमने तो छिपा लीं अपनी सारी बातें। परन्तु मैंने अनसुनी करके भी सारी बातें सुन लीं। मुझे लोगों ने बताया कि तुम सुबह-शाम कृपाशंकर के यहाँ हाजिर रहते हो। तुम्हारी जमानत दिलवाने में उनका प्रमुख हाथ था। इसके पीछे क्या कारण था कि जो कृपाशंकर एक दिन तुम्हें चरित्रहीन समझ रहे थे वे ही तुम्हें अपराध-जगत् से बाहर निकालने के लिए तुम्हारी जमानत लेने गए। ऐसी बातें यों ही नहीं हो जाया करतीं। मौसम की तरह आदमी भी बदलता है, किन्तु इतनी शीघ्रता से बदलता है, इस पर मुझे आश्चर्य है।

मेरे आश्चर्य के पीछे तरह-तरह के अनुमान उग रहे हैं। अनुमान ही मत कहो, शंकाएँ भी हैं। तुम्हारा व्यक्तित्व अब शंकाओं के घेरे में है। तुम पुस्तक के खुले पृष्ठ के समान वह दिनेश कुमार अब नहीं रहे। अब तुम्हारे विरोध में कोई कुछ भी कह सकता है। क्योंकि तुमने गलत ढंग से धन बटोरा, हत्या के षड्यंत्र में शामिल हुए, एक कुख्यात ट्रांसपोर्टर से साँठगाँठ कर तुम उसके प्रियभाजन बने।

यही कारण है कि तुम्हें अब पूरा-पूरा आत्मविश्वास है कि इस विद्यालय के प्राचार्य तुम्हीं बनोगे। मैं इस भ्रम में नहीं हूँ कि मैं अपनी समस्त शक्ति से तुम्हारे प्रपंचों के चक्रव्यूह को तोड़ दूँगा। शायद ऐसा मुझसे नहीं होगा।

इसीलिए आज मेरे सामने यह द्वन्द्व है कि इस नौकरी में रहूँ या न रहूँ। मास्टरी छोड़ दूँ तो इस उम्र में जाऊँ कहाँ। दौड़ पड़ना मुश्किल नहीं होता, मुश्किल है अपनी मंजिल पाना। त्यागपत्र देकर चला तो जाऊँ फिर करूँगा क्या ? इंजीनियर बेटे के पास इस उम्र में उसकी मर्जी पर पलना अच्छा नहीं लगता। उसकी बहू लौट आई है। मैके में छूटे अपने अतीत को वह फिर से पाने गयी थी। लेकिन अतीत भी किसी को आज तक दुबारा मिल सका है ? उस विवाहिता के लिए उसके पिता वैसे नहीं रहे, माता भी पहले जैसी नहीं रही। पाने के लिए आँसू बहाती गयी थी, और खो देने की वेदना अपने उन्हीं आँसुओं में समेट कर लौट

आई। वह मेरे बारे में क्या सोचेगी कि इन्होंने अपने अहं के आवेग में नौकरी छोड़ दी। नौकरी से विपन्न आदमी को आदर कौन देता है ? दो दिन नहीं, चार दिन वह खातिर करेगी, फिर उपेक्षा करने लगेगी। उपेक्षा पाने के लिए नौकरी का त्याग भला यह कौन-सी बुद्धिमानी है। मैं त्यागपत्र नहीं दूँगा। परिस्थितियों से लड़ूँगा।

बारह

"ऐ राजीव ! इधर सुनो !"

"जी मास्टर साहब !"

"तुमने दिनेश बाबू का घर देखा है ?"

"एक बार गया था सर, रास्ता कुछ भूल गया हूँ। शायद दक्षिणी हुमायूँपुर में वे रहते हैं।"

"हाँ हाँ। वहीं तुम्हें जाना है। चौमुहानी से सीधे रेललाइन पकड़ लो और पुल के पास दूसरी तरफ देखना, एक हरे रंग का मकान है। वहाँ किसी से भी पूछ लेना दिनेश बाबू का मकान। यह उनका नया मकान है। पुरानावाला बेच दिया। जाओ उन्हें बुला लाओ।

क्या हो गया है इस स्कूल को ! लगता है रोज ही यहाँ कोई न कोई सनसनीखेज समाचार पैदा हो जाता है। सुनते हैं कि इस स्कूल में अब कोई नया हेडमास्टर आने वाला है। मगर नगीना चौधरी को क्या हो गया है। तीन दिनों से मुझे कभी दिनेश बाबू के घर पर तो कभी रामेश्वर मास्टर साहब के घर और कभी हरिनाथ पाण्डेय के पास भेजते रहते हैं। नगीना चौधरी से मैं बचना चाहता हूँ। जब न तब उनकी बिल्ली जैसी आँखें झपट्टा मार कर देख लेती हैं—ऐ राजीव ! इधर सुनो !

क्या मैं स्कूल में यही सब करने आया हूँ ? या पढ़ने आया हूँ ! पढ़ायी ठीक से हो नहीं पाती। केवल मास्टरों का हुक्म बजाते रहो। इस चौधरी से तो मन ऊब गया है। चौधरी जी इतिहास पढ़ाते हैं और पढ़ाते-पढ़ाते न जाने कहाँ से कहाँ चले जाते हैं। उस दिन क्लास में अपनी पत्नी की कहानी ले बैठे। वे बीमार रहती हैं। हम बारहवीं के विद्यार्थी खामोश होकर उनकी बीवी की रोचक कथा सुनते रहे। बाद में मालूम हुआ कि जब वे पाँचवीं घंटी में नौवीं को पढ़ाने गए थे तो वहाँ भी छात्रों को यही कहानी सुनाई।

चौधरी जी बता रहे थे कि उनकी शादी एक सम्पन्न परिवार में होने की उम्मीद थी किन्तु जब लड़की वालों को पता लगा कि वे स्कूल के मास्टर हैं

तब वे लोग पीछे हट गए। शादी दूसरी जगह हुई। एक बार उनकी पत्नी मैके गयी। वहाँ पड़ोसी से अनबन थी। उसी परिवार में एक पैंसठ साल की बुढ़िया थी। उसकी नजर बहुत खराब थी। चौधरी जी की पत्नी के पाँव पहली बार भारी थे। उन पर बुढ़िया की नजर पड़ गयी और वह गर्भ गाँव में ही गिर गया। तब से वे अपनी पत्नी को मायके नहीं जाने देते। आज तक उन्हें कोई संतान नहीं हुईं। लगता है, उस डायन की छाया आज भी मँडराती रहती है। हर पाँचवें-छठे महीने वह बीमार पड़ जाती है और कुछ न कुछ बड़बड़ाने लगती है। डाक्टर कहते हैं कि उनको हिस्टिरिया का रोग है। लेकिन चौधरी को विश्वास है कि यह और कुछ नहीं, उस बुढ़िया के टोने का ही असर है। टोना को तो कोई डाक्टर भी नहीं काट सकता। परसों रात में वे चिल्ला पड़ीं और बिस्तर से उठकर चौधरी जी के साथ हाथापाई करने लगीं। इसी बीच उनके कुर्ते की जेब उन्होंने फाड़ डाली।

चौधरी जी अपनी फटी जेब हम छात्रों को दिखाने लगे। देर तक दिखाते रहे। घंटी का आधा समय इस कथा-कहानी में ही बीत गया। मुगल बादशाहों की चर्चा आज तक नहीं हो सकी।

यही है उनके पढ़ाने का ढंग। इतिहास की कोई घटना सुनाते-सुनाते रहेंगे कि बीच में ही अपने पारिवारिक प्रसंग ले बैठेंगे। बड़े अटपटे टीचर हैं नगीना चौधरी। किसने इनको कहा था कि जाकर स्कूल में मास्टरी करो। छात्र उनपर हँसते हैं। वे खुलकर नहीं हँसते कि नगीना चौधरी छड़ी चलाने में देर नहीं करते। खजूर की छड़ी से बच्चों को भेड़ की तरह हाँकते हैं। एक बार तो मेरे मन में आया कि उनके हाथ से छड़ी छीन कर पूछूँ—अगर इसी छड़ी से आपकी मरम्मत कर दी जाय तो कैसा लगेगा ! हे भगवान क्या ऐसा मुझसे हो पाएगा ? सारे स्कूल में हंगामा मच जाएगा कि राजीव ने नगीना चौधरी को पीट दिया। कालेजों में अब इस तरह की घटनाएँ सुनने में आती हैं।

सुना है कि नगीना चौधरी ने भी हेडमास्टरी के लिए दरख्वास्त दी है। इस स्कूल के हेडमास्टर अगर नगीना चौधरी हो गए तो समझिए यह स्कूल रसातल को अवश्य चला जाएगा। इस आदमी को आता-जाता कुछ नहीं। ब्लैक बोर्ड पर अंग्रेजी का एक शब्द तीन-तीन बार लिखकर काटते-पीटते हैं। इनको अपने ऊपर ही भरोसा नहीं है। बैठे-बैठे गप करते रहते हैं या हेडमास्टर साहब के आगे-पीछे लगे रहते हैं। स्कूल में यही इनका धंधा है।

देश में जिस साल मंडल कमीशन का जोर था और राजनेताओं की क्षुद्र राजनीति की आँच में समाज को दो टुकड़ों—अगड़ी-पिछड़ी जातियों में बाँट दिया गया था, तब ये ही नगीना चौधरी छात्रों की जाति पूछ-पूछकर एक दल बना रहे थे। शिक्षा-संस्थानों में प्रवेश और नौकरी के आरक्षण के पक्ष में ये जहाँ-तहाँ

बोलने भी लगे थे। हम छात्र तब इस पचड़े को नहीं समझते थे। राजनीतिक उपलब्धियों और क्षुद्र स्वार्थों की भड़काई आग में हमें क्यों झोंका गया। हमारे स्कूल, कॉलेज और विश्वविद्यालय के सैकड़ों छात्रों ने पूरे देश में आत्मदाह किया। हड़ताल करकर के हमने अपना भविष्य चौपट किया। चौधरी जी कहने लगे हैं कि इस विद्यालय का हेडमास्टर अब एस॰ सी॰ कोटे से होना चाहिए। वे स्वयं इसी कोटे से आए हैं और अपने भविष्य की तलाश कर रहे हैं।

पिछले साल उनकी विचारधारा का विरोध हेडमास्टर साहब ने किया था। कुछ लोगों ने उन्हें समझाया था कि शिक्षा के क्षेत्र में आरक्षण तर्कसंगत नहीं। यहाँ तो योग्यता की आवश्यकता है। योग्य से योग्यतम लोग अध्यापन-कार्य के लिए जायँ चाहे वे किसी जाति या सम्प्रदाय के हों। हाँ, उनके बच्चों के पढ़ाने के अवसर में आरक्षण करना अनुचित नहीं है। मास्टर-प्रोफेसर की नियुक्ति में यह मानदंड खरा नहीं उतरेगा। इसमें आरक्षण हुआ तो देश की शिक्षा प्रणाली चौपट हो जाएगी। कौन नहीं जानता कि स्वस्थ पौधे के लिए बीज का भी स्वस्थ होना आवश्यक है।

बहस कई दिनों तक चलती रही। अंत में दिनेश मास्टर के कहने-समझाने पर नगीना चौधरी थोड़ा खामोश हुए।

शिक्षा संस्थाओं में जाति और सम्प्रदाय के बीज बोनेवाले इन अध्यापकों की नियुक्ति ही क्यों की जाती है। योग्यता का निर्धारण ज्ञान और कुशलता के आधार पर होना चाहिए न कि जाति और वंश-धर्म पर। ऊँची जाति का होने के कारण कोई प्राचार्य का पद पाने का अधिकारी नहीं बन जाता। कुर्सी पाने के लिए अब कैसे-कैसे दाँव-पेंच लगाए जा रहे हैं। नगीना चौधरी स्कूल के चपरासी से कह रहे थे कि अगर उन्हें हेडमास्टर नहीं बनाया गया तो वे कोर्ट में मुकदमा दायर कर देंगे।

ये मास्टर लोग कितने भूखे रहते हैं। अपनी छोटी-छोटी बातें हम छात्रों से कहकर ये तृप्ति का अनुभव करते हैं। अपनी छवि वे स्वयं बिगाड़ते हैं। जिस उदारता और विशालता की कल्पना गुरु से की गयी है, उस कसौटी पर कितने शिक्षक खरे उतरते हैं। शायद बहुत थोड़े।

मैंने आठवीं कक्षा में यहाँ प्रवेश लिया था। विद्यालय में यह मेरा पाँचवाँ वर्ष है। बहुत-से मास्टरों को जानने-समझने का मौका मिला है। आप पूछें तो मैं गिना सकता हूँ। इस स्कूल में सोलह मास्टर हैं। इन सोलह में केवल पाँच मास्टर मास्टरी पेशे के लायक हैं। बाकी लोग अपने दिन काटने आए हैं। कोई राजनीति की शतरंज खेलने आया है। कोई इस नौकरी को पेंशन मानकर आया है। कोई थोथे यश की लिप्सा लिए छात्रों के बीच गाना-बजाना और नाटक-नौटंकी करने आया है। एक मास्टर कहते हैं कि वे पत्थर की तरह लुढ़कते हुए आकर

यहाँ थम गए हैं। वे अपने गाँव में चार मुकदमे लड़ रहे हैं। मुकदमे की बात वे अपने छात्रों को भी बताते हैं। कुछ मास्टरों के यहाँ ट्यूशन का बाजार लगा है। जो छात्र ट्यूशन पढ़ेगा वही पास करेगा। जिसे कहीं कोई अवसर नहीं मिला वह इस स्कूल में आ लगा।

दिनेश कुमार ऐसे ही हैं। पढ़ने-लिखने से उनका छत्तीस का नाता है। धनीमानी हैं। इसलिए उनकी वेशभूषा में सम्पन्नता झलकती है। पैंट-बुश्शर्ट में वे स्मार्ट लगते हैं। उनके जूते भी चमचमाते रहते हैं। सिगरेट ज्यादा कीमती पीते हैं। मैंने कई बार हरिनाथ पाण्डेय को उनसे सिगरेट माँगते देखा है।

हरिनाथ पाण्डेय भी अपनी किस्म के एक ही हैं। इस शहर से थोड़ी दूर पर स्थित गाँव के निवासी हैं। स्कूल साइकिल से आते-जाते हैं। गाँव-शहर दोनों जगह उनके खूब परिचय हैं। प्रभाव भी है। कसरती देह है। पर रहन-सहन के ढंग से आप अनुमान नहीं लगा सकते कि वे किसी विद्यालय के शिक्षक हैं। कुर्त्ता-धोती गंदा है कि साफ, इसकी उन्हें कोई चिन्ता नहीं। दाढ़ी बढ़ी है, कोई बात नहीं। विद्यार्थियों को संस्कृत पढ़ाते हैं। पढ़ाने के पहले तलहत्थी पर सूर्ती ठोंक कर होंठों में डाल लेते हैं और तब पुस्तक थामते हैं। उनके चरित्र के बारे में एक बार कुछ गड़बड़ सुनाई पड़ा था। नाराज होकर उनकी औरत घर से भागी जा रही थी। हेडमास्टर साहब और दिनेश कुमार ने जाकर समझौता कराया। अब शांति है। बुढ़ापा दूर नहीं है।

हाँ, मास्टर कहेंगे रामेश्वर प्रसाद को। मास्टर हैं अमरकान्त जी। मास्टर हैं रामपुकार सिंह। ये लोग जिस क्लास में भी चले जायँ, छात्र अपने सौभाग्य की सराहना करने लगते हैं। रामपुकार सिंह एक बार जिसको मैथेमैटिक्स पढ़ा दें वह जीवनभर नहीं भूलता है। कमजोर से कमजोर विद्यार्थी को भी वे योग्य बना देते हैं। मेरा दोस्त अशोक नवीं में गणित की क्लास से भाग जाया करता था। एक साल फेल हो गया। जब से रामपुकार सिंह ने पढ़ाना शुरू किया, अशोक की रुचि गहरी हो गयी। पिछले साल हाई स्कूल की परीक्षा में उसे पंचानबे प्रतिशत अंक मिले। इसे कहते हैं गुरु। जो अपने शिष्य की छिपी योग्यता को प्रकाशित कर उसमें निखार न ला दे, उसे कौन कहेगा गुरु ?

रामेश्वर प्रसाद भी ज्ञानी हैं। ज्ञान की ऐसी-ऐसी बातें करते हैं कि उनकी बात हमेशा सुनते रहने का जी करता है। कक्षा में एक शब्द भी फालतू नहीं बोलते हैं। समय से आते हैं। आज तक मैंने नहीं देखा कि उन्होंने किसी छात्र को सजा दी हो। इधर-उधर की बातों में वे नहीं रहते। दिनेश मास्टर उनकी निन्दा करते रहते हैं लेकिन उनके मुँह से कुछ नहीं सुना।

अमरकान्त जी भी आदर्श शिक्षक हैं। उनके निजी जीवन के बारे में कुछ उल्टी-सीधी बातें सुनने में आती हैं। ये मास्टर लोग ही एक-दूसरे के बारे में

कुछ-न-कुछ कहते रहते हैं। नहीं तो इन बातों से हम छात्रों का क्या वास्ता।

हम पढ़ने आते हैं। वही हमारा मुख्य उद्देश्य है। हमें क्या जरूरत जो पूछते फिरें कि किस मास्टर की शादी कैसे हुई, कितनी पत्नियाँ हैं अथवा उनके पास कितनी सम्पत्ति है। कोरे कागज की तरह आनेवाले छात्रों को अपनी रंगीन कूँचियों से लीप-पोतकर उन्हें पारंगत बनानेवाले ये ही लोग हैं। छात्र उलझन में पड़ जाता है। हमारी अटूट श्रद्धा को खंडित करने के लिए हमारे हाथों में हथौड़ा थमाने वाले ये ही शिक्षक हैं।

मैं मानता हूँ कि छात्रों को बिगाड़ने में केवल शिक्षकों का ही हाथ नहीं है। छात्र बहुत कुछ संस्कार अपने परिवार और परिवेश से लेकर आते हैं। शिक्षा मंदिर उससे भी प्रभावित होता है।

इतनी बातें मैं आज की स्थिति पर कह गया। इस पर सोचिए तो बहुत-सी बातें हैं।

आजकल स्कूल में जो सरगर्मी चल रही है उससे स्पष्ट है कि अब हेडमास्टर विद्याधर राय चले जाएँगे। ऐसा सोचकर मन को कैसा लगता है। मेरे जैसे और भी होंगे, सैकड़ों होंगे जो मन ही मन मनाते होंगे कि ऐसा अच्छा हेडमास्टर हमारे स्कूल से न जाय। उनके व्यवहार और प्रशासनिक क्षमता को देखकर हम कह सकते हैं कि उनके जैसे ही योग्य प्रधानाध्यापक की आवश्यकता है। विद्यालय का स्तर उसके हेडमास्टर के नाम से ही जाना जाता है।

हम छात्र अपने शिक्षकों को कभी नहीं भूलते और उन्हें तो हम अपने स्मृति-पटल से पोंछ ही नहीं सकते जिन्होंने हमें निष्ठापूर्वक पूरे परिश्रम से पढ़ाया है। ऐसे व्यक्ति हमारे गुरु ही नहीं, अभिभावक और मित्र भी हैं। हमारी कठिनाइयों और दुर्बलताओं को उन्होंने समझा और सत्य मार्ग की ओर बढ़ने की हमें प्रेरणा दी। सचमुच ऐसे गुरु कभी मन से मिट नहीं सकते।

कुछ लोगों की धारणा है कि हम छात्र अपनी पढ़ाई या खेलकूद में ही मस्त रहते हैं। अपने शिक्षकों की ओर हमारा ध्यान नहीं रहता। नहीं, यह सोच गलत है। हम लोग अपने शिक्षकों को बड़ी सूक्ष्मता से निरखते हैं, उनकी वेशभूषा, बोली-आचरण, पसन्द-नापसन्द—सब पर हमारा ध्यान रहता है। एक बार शिवनाथ जी दो रंग की उल्टी चप्पल पहन कर स्कूल आ गए थे। बड़े बाबू प्रमोद लाल श्रीवास्तव बड़े लालची हैं। कैंटीन में बैठकर चाय-मिठाई खाते हैं और पैसे बच्चे देते हैं। संस्कृतवाले पंडित जी अपनी पंडिताइन की शाल ओढ़े आ गए थे। छात्र उन्हें देख-देखकर हँस रहे थे।

छात्रों में भी तरह-तरह की घटनाएँ होती रहती हैं। अशोक ने शिमला घूमने के लिए अपने माता-पिता से पैसा माँगा। नहीं मिलने पर अपने पिता पर ही चाकू तान दिया। दीपक की माँ रोती हुई स्कूल आई थीं शिकायत करने कि दीपक

नशीली दवाओं का सेवन करने लगा है।

हेडमास्टर साहब के सामने रीता और संजय का केस आया। उन्होंने छात्रों की सभा में चरित्र-निर्माण पर भाषण दिया। ग्यारहवीं कक्षा की छात्रा रीता को उसके ही सहपाठी संजय ने प्रेमपत्र लिखा था कि वह रीता के बिना जी नहीं सकता। रात में उसे नींद नहीं आती। दोनों ने घर छोड़कर भागने की योजना बनाई थी कि माता-पिता को पता लग गया।

मास्टरों ने संजय की भर्त्सना की। उस समय संजय चुप था। लेकिन उसका एक साथी हँसकर बोला था—मोहब्बत करना कोई बुरा काम नहीं है यार। स्टूडेंट लाइफ में जब मजा नहीं लिया तो फिर कब लोगे।

और सच तो यह है कि मजे के लिए हम लोग कई दुर्गुणों के शिकार हो जाते हैं और बाद में होश आने पर पछताते हैं। मजे के नाम पर ही हम लोग मास्टरों के उपनाम भी गढ़ लेते हैं। नहीं तो अहमद साहब को शुतुमुर्ग, रामेश्वर बाबू को चर्च का पादरी और दुर्गा सिंह को पहलवान जी क्यों कहा जाता ! अपने शिक्षकों के व्यक्तित्व की अटपटी बातें ढूँढ़ लेने में छात्रों को दंडित किया गया था।

एक बात सुनने में आई है। दिनेश कुमार ने कुछ छात्रों को सिखाया है कि हेडमास्टर के इन्टरव्यू के दिन ज्यादा से ज्यादा छात्र चेयरमैन के सामने नारेबाजी करें—अगला हेडमास्टर कौन ? दिनेश कुमार !

कोई कह रहा था कि हमारे विद्यालय का स्तर पहले हाई स्कूल का था। तब यहाँ हेडमास्टर थे। अब यह हायर सेकेंडरी हो गया है। यहाँ का हेडमास्टर प्रींसिपल कहलाएगा। दिनेश कुमार प्रींसिपल बनने के लिए बेचैन हैं।

एक दिन रामपुकार सिंह जी से हमने यह बात छेड़ी। उन्होंने मुझसे कहा—राजीव, इस विद्यालय में कौन हेडमास्टर बनेगा या प्रींसिपल बनेगा यह सोचना तुम छात्रों का काम नहीं। उसका निर्णय करनेवाले बड़े लोग हैं। तुम लोग पढ़ने में मन लगाओ। पार्टी-पॉलिटिक्स में रुचि लेना ठीक नहीं। अपना समय बर्बाद करना है।

किसी ने दिनेश जी से जाकर ये बातें कह दीं। दिनेश कुमार सुनते ही गुस्से में तमतमा उठे। मुँह की अधजली सिगरेट फेंक कर बोले—बड़ा आदर्शवादी बनता है यह रामपुकार। जरा मुझे प्रींसिपल बन जाने दो। फिर देखो, दो दिनों के भीतर इनको ब्रह्माण्ड का दर्शन करा दूँगा। आज के युग में जो छात्र राजनीति की नब्ज को नहीं पहचानेगा, वह जीवन में कुछ नहीं कर सकता। अंधा बने आदर्श की गठरी ढोने से मंजिल नहीं मिलती।

हम छात्र उलझन में पड़ गए हैं कि किस शिक्षक की बात सच मानें।

तेरह

इतनी भागदौड़ के बाद मैं निष्कर्ष पर पहुँचा हूँ कि इस विद्यालय में प्राचार्य की कुर्सी पाना आसान नहीं है। इस प्रयास में मैं जितना ही गहरा उतरता गया हूँ, मेरी उलझन बढ़ती गयी है। चेयरमैन दिल के साफ नहीं हैं। किन्तु यह कहने की भी स्थिति में मैं नहीं हूँ कि वे मेरे प्रतिकूल हैं। यदि ऐसा होता तो उस दिन चौराहे पर कार रोककर मुझे बैठाकर वे अपने घर नहीं ले जाते।

चाय की टेबुल पर उन्होंने मुझसे पूछा—तो क्या आप स्कूल का प्रशासन चला लेंगे ?

मुझे विस्मय हुआ, इतने दिनों बाद आज मुझसे ऐसा प्रश्न क्यों पूछा जा रहा है। यदि मैं अपने को प्रशासन चलाने के योग्य नहीं समझता तो इस महायज्ञ में कूदता ही क्यों ?

क्षमता कहीं और से मिले या न मिले, अपने प्रतिद्वन्द्वी ही हमें क्षमतावान बना डालते हैं। मेरे लिए दिनेश कुमार ने यही काम किया है। मेरे भीतर जो शक्ति आज तक अलसाई हुई ऊँघ रही थी, वह दिनेश कुमार की चुनौती पाकर जाग उठी है। देखे, अब दुनिया कि रामेश्वर प्रसाद में विद्यालय चलाने की कूवत है या नहीं।

चेयरमैन मेरी तरफ देख रहे थे।

मेरे मुँह से निकल पड़ा—मेरी योग्यता पर क्या आपको संदेह है ?

"संदेह मत कहिए मास्टर साहब, यह मेरी आदत है कि जब भी मैं किसी को नियुक्त करता हूँ तो उस व्यक्ति से पूछ लेता हूँ। जैसे उस दिन मैंने आपसे पूछ लिया कि आप सामिष तो नहीं हैं। आपने कहा, नहीं। मुझे संतोष हुआ। मैं आपकी योग्यता जानता हूँ।"

"आप सभी की योग्यता पहचानते हैं, सर। फिर भी, मुझे क्षमा करें तो एक बात अपने मन की कहूँ।"

कृपाशंकर जी ने जो बिस्कुट उठाया था उसको मुँह के पास ले जाकर अलग कर दिया और जोर का ठहाका लगाया। खूब हँसे, हँसते रहे। मैं भौंचक था कि मैंने ऐसी कौन-सी बात कह दी जो ये हँस पड़े।

मेरे खामोश चेहरे पर देखते हुए बोले—अपने मन की बात भी कहने के लिए किसी से इजाजत लेने की जरूरत पड़ती है ?

"वही तो, सर का सवाल ही शक पैदा करता है। मैं इस स्कूल में पुराना टीचर हूँ। कई हेडमास्टर और चेयरमैन यहाँ आए। हाँ, इसके पहले मैंने हेडमास्टरी की अभिलाषा नहीं की।"

"तो बताइए, ऐसे मौके पर मेरा सवाल करना गलत है ?"

"मैं आपको गलत नहीं कहता सर, किन्तु आपके-हमारे बीच इधर कुछ वर्षों से विश्वास का जो सूत्र बना है, उसमें ऐसी शंका का अवकाश कहाँ। आपसे कोई बात छिपी नहीं है।"

"यह मैं मानता हूँ। अच्छा छोड़िए इस बात को। मैंने तो यों ही पूछ लिया। आप पर मेरा पूरा भरोसा है।"

चेयरमैन साहब फिर बिस्कुट खाने लगे। मेरी चाय खत्म हो चुकी थी और उनके प्याले की चाय ठंडी हो चुकी थी।

"सर, आपने तो चाय पी ही नहीं !"

कृपाशंकर जी का जवाब था—आपसे बात करने से अधिक महत्त्वपूर्ण चाय तो नहीं है ?

उनकी बात पर मुझे हँसी आ गयी। बड़ा जिन्दादिल है यह आदमी। बात करने में पटु। तभी तो तीन-तीन स्कूलों की कमिटी में कई वर्षों से बना हुआ है।

थोड़ी देर वहाँ ठहरने के बाद मैं अपने घर लौट आया। प्रतिमा जानने को उत्सुक थी कि चेयरमैन से मेरी क्या बातें हुईं। सब जान लेने के बाद उसने बताया कि आज उसके मैके के एक चचेरे भाई आए थे। घरों का नक्शा बहुत अच्छा बनाते हैं। प्रतिमा ने उन्हें अपने घर का नक्शा बनाने का आग्रह किया है। अगले हफ्ते वे फिर आनेवाले हैं।

प्रतिमा को मैंने समझाया कि अभी मकान बनवाने की चिन्ता वह छोड़ दे। मेरा मन स्कूल में फँसा है।

दूसरे दिन स्कूल में चर्चा थी कि अगला हेडमास्टर रामेश्वर बाबू को ही बनाया जा रहा है। चेयरमैन ने कल उन्हें अपने घर बुलाकर भरोसा दिया है।

मैं दंग था। आखिर यह बात स्कूल में पहुँची कैसे ? वहाँ तो कोई तीसरा नहीं था। कृपाशंकर जी इतने हल्के नहीं हैं कि अपने मन की योजना सभी से बताते फिरें। सच दीवारों के भी कान होते हैं।

भेद बाद में खुला कि कृपाशंकर जी जिस समय अपने कमरे में मुझसे बातें कर रहे थे, उसी समय चाय देने उनका नौकर दो बार वहाँ आया। उसने हमारी बात सुन ली।

वह दिनेश कुमार की ससुराल का आदमी है। चेयरमैन के यहाँ उसको नौकरी दिनेश कुमार ने ही दिलवाई थी। ओफ् इस दिनेश ने कितना लम्बा जाल फैला रखा है। हमारी साँस की हर धड़कन उस तक पहुँच जाती है।

दूसरे सप्ताह चमत्कार हो गया। स्कूल में चेयरमैन का पत्र आया कि कल से प्राचार्य का कार्यभार दिनेश कुमार सँभालेंगे। स्थायी प्राचार्य की नियुक्ति होने तक यही व्यवस्था बनी रहेगी।

इस समाचार पर मुझे विश्वास नहीं हुआ। जब अपनी आँखों से मैंने चेयरमैन का पत्र पढ़ा तो मेरे पैर काँपने लगे। मनुष्य अपनी कृपा में भी छल छिपाए रहता है। कृपाशंकर जी ने यह कैसा धोखा दिया। जी में आया कि जाकर उनसे पूछूँ—जब आप दिनेश कुमार को ही गद्दी देना चाहते थे तो फिर मुझसे मेरी क्षमता की पूछताछ क्यों की ? क्या वह आपके कपटपूर्ण आश्वासन का नाटक था ?

कुछ मित्र मेरी मनोव्यथा को जानते थे। जो अनुभवी थे उन्होंने मुझे समझाया—ऐसे समय तुम चेयरमैन पर कोई आरोप मत लगाओ। किसे पता, इसमें भी चेयरमैन की कोई चाल हो। वही चाल शायद तुम्हारे लिए अनुकूल राह बना दे।

पत्र पाते ही दिनेश कुमार के दल में हर्षोल्लास भर गया। बाजार से पाँच किलो रसगुल्ले मँगाए गये। स्कूल-स्टाफ में बँटे। जो चपरासी रसगुल्ले का डिब्बा खोले मेरे सामने आया, वह मेरे चेहरे पर देखते हुए मुस्कुरा रहा था, बोला—लीजिए मास्टर साहब, मिठाई खाइए। दिनेश बाबू प्रींसिपल हो गये।

मैं बड़ी मुश्किल से अपने क्रोध और निराशा पर काबू पा सका। एक रसगुल्ला लिया। वह बोला—

"दो लीजिए जनाब, दो।"

"नहीं, बस।"

खबर दिनेश कुमार के पास अवश्य पहुँची होगी कि स्टाफ के सभी लोगों ने जहाँ दो-दो रसगुल्ले लिये वहाँ रामेश्वर प्रसाद ने एक ही लिया। इस एक और दो का अन्तर ही मेरे असंतोष का प्रतीक था।

हेडमास्टर विद्याधर राय आज रिटायर हो गए। उनका विदाई-समारोह अगले हफ्ते निश्चित किया गया।

दिनेश कुमार ने बड़े उत्साह से कुर्सी सँभाली। कल जो उनके निन्दक थे वे आज प्रशंसक बन गए। उनके पास उठने-बैठनेवालों की संख्या में वृद्धि हो गयी। कुछ इतने निकट हो गए कि उनको दिनेश कुमार का चमचा कहा गया। ऐसे लोग प्रींसिपल के कान में फुसफुसाकर विद्यालय की प्रगति का मंत्र फूँकने लगे।

मैंने देखा, दिनेश कुमार के चेहरे पर अब ज्यादा चमक और उत्साह झलक रहा है। पद और अधिकार की पॉलिश में कैसे-कैसे चेहरे चमक उठते हैं। जो व्यक्ति वर्षों से इस विद्यालय में गंदी राजनीति का केन्द्र बना रहा, वही हम शिक्षकों और छात्रों को आदर्श जीवन की शिक्षा देने लगा। कुर्सी पाकर भाषा बदल जाती है।

यह घड़ी मेरे जीवन की सबसे बड़ी निराशा की थी। मैं भीतर से बिल्कुल टूट गया था। बार-बार अपने को प्रबोधन दे रहा था। मन के विषाद और निराशा

को दूर करने में दर्शन सबसे बड़ा सहायक सिद्ध होता है। किन्तु इस क्षण मेरी दार्शनिकता भी भोथरी बनकर प्रभावहीन हो गयी थी। मेरे लिए सर्वत्र नैराश्य और अंधकार था। मैंने अब तक अपने को दृढ़ और साहसी मान लेने का क्या झूठा भ्रम पाल रखा था ? मेरा मन जिस पर पत्थर की चट्टान समझ टिका था, वह रुई का ढेर साबित हुआ। अपनी पीड़ा मैं किससे कहता ? कहने के लिए साहस चाहिए और सुनने के लिए धीरज। जैसे सब कुछ अचानक लुप्त हो गया था। धिक्कार है तुम्हें रामेश्वर ! इसी रुई की तलवार से तू लड़ने चला था ?

लेकिन इससे क्या ? संयोग प्रबल होता है। मैं इस दिनेश कुमार को अपना बॉस नहीं मानूँगा, कत्तई नहीं मानूँगा। वे लाल-लाल गुलाबजामुन-रसगुल्ले मेरे लिए अंगारे थे। रसगुल्ला लेते ही रामेश्वर प्रसाद तू जल क्यों नहीं गया ?

पूरे विद्यालय में लग रहा था कि सभी शिक्षक और छात्र मेरे चेहरे को आज ज्यादा घूर रहे हैं। उन सभी की दृष्टियों में एक ही प्रश्न है—रामेश्वर ! अब तुम्हारा क्या होगा ?

एक लक्ष्य में विफल होने पर मनुष्य को इस सीमा तक निराश नहीं होना चाहिए था, जितना मैं था। जैसे मैं अकथनीय आन्तरिक वेदना के कीचड़ में धँसता जा रहा था और मुझे कोई सहारा देकर बाहर खींचनेवाला नहीं था।

आकस्मिक अवकाश लेकर तीन दिनों तक मैं अपने घर में पड़ा रहा। मकान मालिक कई बार पूछने आए—क्या हो गया मास्टर साहब को। उन्हें बताया गया कि पेट में थोड़ा दर्द है। वे दर्द की कई दवाइयाँ बताकर चले गये। मुझे दर्द तो था ही, किन्तु पेट में नहीं। पीड़ा और पश्चात्ताप में अन्तरात्मा छटपटा रही थी। प्रतिमा सूनी आँखों से मेरी दशा देखती और खामोश बनी अपना कार्य करती रहती। मेरी इच्छा होती थी कि वह मेरे पास बैठकर मुझसे कुछ बातें करे। ऐसी घड़ी में तो जीवनसंगिनी ही सहायक होती है। किन्तु प्रतिमा मेरी निराशा की आँच से भयभीत थी। समीप आकर वह स्वयं न झुलस जाय।

मेरे मन से यह बात मिटती नहीं थी। कृपाशंकर जी ने ऐसा क्यों किया। मैं प्रत्येक वर्ष उनके जन्मदिन पर मिठाई का डिब्बा लेकर उनके घर जाता था। कभी-कभी हम कई टीचर समूह में जाकर उन्हें बधाई देते थे। इस वर्ष गोरखपुर में उपस्थित नहीं रहने के कारण मैं उनके घर नहीं जा सका। सुना कि दिनेश कुमार उस दिन उनके पास चार घंटे रहे।

अब प्राचार्य पद के बारे में कुछ भी सोचना दिवा-स्वप्न के बराबर है। दिनेश कुमार की इस अस्थायी नियुक्ति से ही मेरा भ्रम टूट जाना चाहिए कि प्राचार्य मुझे बनाया जाएगा। तब भी मन बार-बार कहता था कि एक बार चेयरमैन से जाकर पूछ लेना चाहिए। अपना ही मन मुझे कोसने लगा था।

मैं चेयरमैन के घर पहुँचा। बाहर उनके नौकर आपस में हँसी-ठट्ठा कर रहे

थे। अनुशासन की गंभीरता में आज कमी थी। पता चला कि कृपाशंकर जी सुबह ही कार से कहीं निकले हैं। गोरखपुर से बाहर नहीं गए हैं, इसीलिए कभी भी लौट सकते हैं। मैं बरामदे की कुर्सी पर बैठ गया। रिक्शे से आया था। सितम्बर की धूप तीखी थी। रिक्शे का हुड्ड उठा नहीं था। इसलिए पूरे रास्ते सिर पर धूप बैठी रही। जी हुआ, इसी रिक्शे से लौट जाऊँ। फिर सोचा, कुछ देर प्रतीक्षा ही कर लूँ। मन का बोझ प्रतिपल भारी बनता जा रहा था। बैठे-बैठे उनके नौकरों से इधर-उधर की बातें करता रहा। एक ने एक गिलास पानी लाकर दिया। चाय के लिए पूछा तो मैंने मना कर दिया।

वहीं कुर्सी पर बैठे-बैठे मुझे नींद आ गयी। पिछली तीन रातों से नींद नहीं आयी थी। यहाँ वह बिना बुलाए आ गयी।

नौकर ने मेरा कंधा हिलाकर कहा—मास्टर जी, उठिए। साहब आ गए।

मैं चौंक पड़ा। अपने ऊपर ग्लानि हुई। कृपाशंकर जी ने मुझे सोते हुए देखकर अपने मन में क्या सोचा होगा। कहते होंगे—मास्टर जाति का आदमी इसी तरह कुर्सी पर बैठे-बैठे सो जाता है। अब जो सोचें। सोना कोई चोरी-चकारी का काम है जो पछताऊँ।

दस मिनट बाद चेयरमैन साहब ने मुझे अंदर बुलाया। मैंने महसूस किया कि उनसे जो कहने के लिए मन में संकल्प करके मैं यहाँ आया था, वह सब अचानक मैं भूल गया हूँ। अभी कृपाशंकर जी ने पूछा है—कहिए रामेश्वर जी ! मैंने उन्हें एक बार फिर देखा और चुप रहा। प्रश्न और उत्तर के बीच मौन का छोटा अन्तराल भी लम्बा लगता है। भीड़ में जैसे अपनी ही पहचान खो जाती है, उसी प्रकार मेरी अपनी बातें खो गयी थीं।

मुँह से केवल इतना ही निकला—आपसे ही मिलने चला आया।

चित्त स्थिर होने लगा था। बुद्धि लौट आई थी। दिनेश कुमार का प्रसंग अब छेड़ ही दूँ। तभी चेयरमैन स्वयं कह पड़े—दिनेश जी का क्या हाल है ?

"उनका हाल तो आप ही बताएँगे सर। मुझे बड़ी आशा थी कि..."

"आप चिन्ता न करें। अभी यह अस्थायी व्यवस्था है। इन्टरव्यू होना बाकी है। असली चुनाव सेलेक्शन कमिटी करेगी।"

"किन्तु सर, इस व्यवस्था में क्या आपने अपनी इच्छा का संकेत नहीं दे दिया है ? अस्थायी रूप से जो आदमी कुर्सी पर बैठेगा, उसका महत्त्व बढ़ जाता है।"

"यह आपका सोचना है। मुझ पर दबाव था। हालाँकि मैं किसी के दबाव में नहीं आता। लेकिन अपना सामाजिक चेहरा भी तो ठीक रखना है।"

"मुझे मालूम है सर। आप अगली विधानसभा का चुनाव लड़नेवाले हैं।"

"विधानसभा ! यह आपसे किसने कह दिया ? लोकसभा कहिए लोकसभा।

दिल्ली में जाकर बैठने का मजा ही कुछ और है। अपने लोग सब जगह फैले हुए हैं। वे ही मुझे जिताएँगे।"

"ऐसे काम में दिनेश कुमार जैसे लोग ही आपके सहायक सिद्ध होंगे।"

कृपाशंकर जी अबोले मुस्कुराते रहे। फिर बोले—इतनी दूर तक आप न सोचें। चुनाव का मामला जरा टेढ़ा है। स्कूल के मास्टरों का इससे क्या मतलब !

"कहा ऐसा ही जाता है, किन्तु मास्टर लोग बच कहाँ पाते हैं। जो इस कीचड़ में नहीं गिरना चाहता, उसे भी घसीट दिया जाता है। अच्छा, अब बताइए मेरा क्या सोच रहे हैं ?"

"प्रतीक्षा कीजिए। समय आने पर सब ठीक हो जाएगा। समय बलवान होता है। आजकल शाम में आप क्या करते हैं ?"

"कुछ नहीं, यों ही समय कटता है।" मैं उठने लगा।

"मेरे दो बच्चे हैं। उनको जरा देख लिया कीजिए।"

"आपके बच्चे ?"

"अपने ही समझिए। मेरे छोटे भाई के बच्चे हैं। परसों ही गाँव से आए हैं। वे हाई स्कूल की परीक्षा में बैठेंगे। अंग्रेजी और गणित कमजोर है। रोज शाम में आकर उन्हें थोड़ा पढ़ा दिया कीजिए।"

"क्यों नहीं, मैं आ जाऊँगा।"

मैं कमरे से निकल बरामदे में आ चुका था। कृपाशंकर जी कुर्सी पर बैठे मुँह में पान की गिलौरी डालते ही पुकार उठे—मास्टर साहब, एक मिनट।

मैं अंदर लौट आया। उन्होंने इशारे से मुझे बैठने के लिए कहा। कोई नई बात याद आ गयी हो शायद। प्राचार्य की नियुक्ति के बारे में अपने मन का कोई भेद खोलना चाहते हों। या संभव है अपनी गलती महसूस कर रहे हों और इसीलिए कोई सुझाव मुझसे ही माँगें।

मुँह में पान भरा था इसलिए तुरंत कुछ कह नहीं पाए। इसी बीच फोन की घंटी बज उठी। उन्होंने मुँह की गिलौरी झट थूक दी। फोन की बात से समझ में आया कि किसी के मकान पर कब्जा करना है। वहाँ उनके और आदमी पहुँच चुके हैं किन्तु जिस पुलिस अफसर से बात हुई थी, उसकी आज छुट्टी है। कहीं बाहर गया है। अतः बलवा होने का डर है।

कृपाशंकर तनिक भी विचलित नहीं हुए। फोन से निबटकर उन्होंने मेरी ओर देखा। उनकी दृष्टि से लगा कि वे मुझमें कुछ खोजने की चेष्टा कर रहे हैं।

"आपसे एक विशेष बात कहनी है। इसको अपने तक ही रखिएगा।"

"आप निश्चिंत रहिए।"

मैं उत्साह में ठीक से कुर्सी पर बैठ गया। संभव है, मुझे भी मकान खाली

कराने उनके लोगों के पास जाना पड़े। लाठी-बंदूकवाले तो गए ही हैं, चेयरमैन ने सोचा होगा कि एकाध पढ़े-लिखे लोगों का भी होना जरूरी है। अभी मामला तो मुझे पूरा समझ में नहीं आया। ये खुद ही बताएँगे। ऐसी घड़ी में मैं इनके काम आ गया तो कल मेरा भी काम बन सकता है।

वे बोले--ऐसा है मास्टर साहब कि मुझे आपके स्कूल की हर गतिविधि मालूम है और यह भी मैंने तय कर लिया है कि स्थायी प्राचार्य आपको ही बनाया जाएगा। दिनेश कुमार कितने पानी में हैं यह मुझसे छिपा नहीं है। खाने के लालच में सामने बैठे कुत्तों में अगर आपका भी कुत्ता बैठा हो तो आप उसके आगे रोटी का टुकड़ा कैसे फेंकेंगे ? समझ रहे हैं न मेरी बात ?

कृपाशंकर भौंहों से मुस्कुराते हुए मुझ पर नजर गड़ाए हुए थे।

"जी मेरी समझ में कुछ..."

"मैं समझाता हूँ। देखिए, अपने कुत्ते को रोटी मिल जाए और दूसरे कुत्ते उस पर झपट्टा न मारें या लड़ाई न करें इसके लिए जरूरी है कि पहले एक छोटा टुकड़ा दूर फेंक दीजिए। गैर कुत्ते उधर दौड़ पड़ेंगे और इधर आपके कुत्ते के लिए मैदान साफ। आप उसके सामने पूरा भोजन रख दीजिए। समझ गए न ?"

"जी कुछ...।"

""अरे भाई, आप मास्टर आदमी होकर इतने भोंदू क्यों बन रहे हैं ? क्या पढ़ाते हैं स्कूल में ?"

"अंग्रेजी, गणित, कभी हिन्दी भी।"

"तब क्या कठिनाई है ? ये दिनेश कुमार उसी छोटे टुकड़े पर दूर भाग खड़ा हुआ। वह अस्थायी बना दिया गया। स्थायी नियुक्ति आपकी होगी।"

कृपाशंकर के साथ मैं भी हँस पड़ा। लेकिन रोटी के टुकड़े और कुत्ते का यह रूपक...धन्य हो कृपाशंकर जी। मैं उनका चेहरा फिर देखने लगा।

उन्होंने पान का डिब्बा उठाया। बीड़ा बनाया। जर्दे का डिब्बा खोला। पान खाकर कहा—रामेश्वर बाबू, आपको मेरा एक काम करना होगा। कोर्ट में मेरा एक मुकदमा...

नौकर को आते देख कृपाशंकर जी चुप हो गए। नौकर ने सूचना दी कि दिनेश कुमार जी आए हैं। बाहर बैठे हैं।

मुझे घबराहट हुई। यह दुष्ट हमेशा मेरे पीछे लगा रहता है। मैं वहाँ अब एक पल भी ठहरना नहीं चाहता था। मैं उठ पड़ा। चेयरमैन ने कहा कि इस विषय पर फिर कभी बात करेंगे।

पर्दे से झाँककर मैंने देखा कि बरामदे के उत्तरी छोर पर दिनेश कुमार हाथ में कोई फाइल लिये कुर्सी पर बैठे हैं। उनके सामने से गुजरना अपने लिए संकट बुलाना था। पूछा जाएगा, यहाँ किसलिए आए थे, चेयरमैन से क्या बात हुई।

मैं पश्चिम के दरवाजे से निकल आया। ऊबड़-खाबड़ रास्ते पर एक जगह पैर फिसल गया। गिरने से बचा।

घर आया। प्रतिमा किसी चित्र को कपड़े से साफ कर रही थी। वह फोटो हमारी शादी के शुरू के दिनों की थी। उसे देख आज भी हम दूसरी दुनिया में पहुँच जाते हैं। वे दिन भी कैसे थे। एम॰ ए॰ करके मैं निकला ही था। तब न नौकरी का झमेला था और न किसी हेडमास्टरी की मृगतृष्णा। ईश्वर ने हमें मृगतृष्णा देकर कितना बड़ा नाटक रचाया है। हेडमास्टरी पा भी लूँ तो मैं कितना बदल जाऊँगा। शायद बदल भी जाऊँ। पद और प्रतिष्ठा पाकर मनुष्य बदलता है। इस नियम का अपवाद क्या मैं बन पाऊँगा ?

घर-बाहर कृपाशंकर मन से उतर नहीं पा रहे थे। लम्बा साँवला स्थूल शरीर, चेहरा जितना बड़ा है उसके अनुपात में मूँछें छोटी हैं। बात-बात में मुस्कुराना और कभी-कभी ठहाके लगा लेना। उनका कोई मुकदमा कोर्ट में है। बड़े लोगों के साथ दसों मुकदमे लगे रहते हैं। किन्तु उनके मुकदमे में मेरा क्या संदर्भ कुछ-कुछ याद आता है कि अहमद साहब ने मुझसे कहा था कि हमारे चेयरमैन साहब मुकदमे लड़ने में माहिर हैं। दो-चार मुकदमे कमीज में बटन की तरह उनके साथ हमेशा टँके रहते हैं। तो आखिर वे मुझसे चाहते क्या हैं ?

दूसरे दिन से मैं उनके भतीजों को पढ़ाने उनके घर जाने लगा। वे लड़के शरीर से किशोर थे लेकिन वाणी-व्यवहार से अनुभवी युवक के समान थे। पाँच-सात रोज में ही मुझे महसूस होने लगा कि वे मुझे एक पढ़े-लिखे नौकर से ज्यादा नहीं समझते थे। धन-दौलत ने उन्हें बिगाड़ दिया था। घंटे-डेढ़ घंटे बैठता था। उन्हें पढ़ा देता था। वे भी मेरी बात सुन लेते थे। लेकिन दोनों तरफ एक मूक समझदारी थी कि न तो मैं उनका गुरु हूँ और न वे मेरे शिष्य। ज्ञानदान में जहाँ ऐसा सम्बन्ध हो, उस ज्ञान का क्या महत्त्व ? यों भी आज रुपए-पैसे के सामने किताबी ज्ञान को कौन महत्त्व देता है। कृपाशंकर जी पैसे के ही कारण पूरी कमिटी पर हावी हैं। कमिटी के सेक्रेटरी हृदय नारायण शुक्ला उनके सामने अब अपने को बिल्कुल नगण्य समझने लगे हैं। सभी सदस्य जब कृतज्ञ दृष्टि से चेयरमैन को देखते हैं तो लगता है कि चेयरमैन साहब के पूरे शरीर पर रोम-रोम से हजारों नोट लटक रहे हैं। धन का प्रभाव किसी भी युग में कम नहीं हुआ और न होगा।

ये किशोर जानते हैं कि मास्टर साहब रुपए की खातिर मशीन की तरह कुछ बोल-बाल कर चले जाते हैं। ज्ञानी को भी यंत्र बना दिया इस भौतिकवादी संसार ने।

सप्ताह बीता। एक बार फिर साथ बैठने का मौका मिला। कृपाशंकर जी ने अपना अभिप्रेत मुझे सुनाया और मुझसे सहायता की अपेक्षा की। उस अपेक्षा

में याचना की ध्वनि तनिक भी नहीं थी। जैसे वह उनका अधिकार हो। हाँ मेरे जैसे समझदार के लिए वह संकेत पर्याप्त था कि यदि इस अवसर पर मैं उनकी सहायता कर दूँ तो वे मुझे प्राचार्य बना सकते हैं।

उनका जो प्रस्ताव था वह उलझन पैदा करनेवाला था। उनकी बात सुनकर मेरी गति साँप-छछूँदर की हो गयी।

कृपाशंकर जी का एक ट्रक लखनऊ से गोंडा की तरफ जा रहा था। उस पर उनके दो खलासी और एक ड्राइवर थे। एक देहात के समीप बगीचे में वह ट्रक रुका। पास के कुएँ पर उन लोगों ने स्नान किया, खाना खाया, शराब पी। इसी बीच ड्राइवर की निगाह एक ग्रामीण युवती पर पड़ी। शराब के नशे में पहले थोड़ी छेड़खानी की फिर उसे पकड़कर उन लोगों ने बलात्कार करने की कुचेष्टा की। इस कर्म को कुछ ग्रामीणों ने देख लिया। जमकर मारपीट हुई। गुस्से में ड्राइवर ने चाकू से एक ग्रामीण की हत्या कर दी। ड्राइवर इस समय जेल में है। उस पर हत्या का मुकदमा चल रहा है। ट्रक पुलिस के कब्जे में है।

कानून सबूत का इन्तजार करता है। कृपाशंकर जी का प्रस्ताव था कि मैं अपने ससुर और साले से जाकर कहूँ कि वे कोर्ट में चलकर गवाही दें। क्योंकि जहाँ यह वारदात हुई थी वहाँ से थोड़ी दूर पर मेरी ससुराल है। ड्राइवर के पक्ष में कहना होगा कि वह ट्रक उस दिन उनके दरवाजे पर खड़ा था। ड्राइवर-खलासी वहीं विश्राम कर रहे थे। उससे इन लोगों का कुछ लेना-देना नहीं।

मैं उलझन में पड़ गया कि क्या मेरे श्वसुर इस झूठ को निगल पाएँगे ? अपनी हेडमास्टरी के लोभ में मैं उनकी नैतिकता की हत्या कर दूँ ?

तत्काल मैं उनको कोई उत्तर नहीं दे सका। मुझ पर देर तक वे आँखें गड़ाए रहे। चलते समय मुझसे उन्होंने इतना कहा—सोच लीजिए मास्टर साहब। हम दोनों को प्रतिष्ठा चाहिए। इसमें दोनों को लाभ है।

लाभ के लिए इस संसार में कैसे-कैसे कुकर्म होते हैं। लाभ-हानि की तुला लिए घूमनेवाला यह मनुष्य चतुर और ढोंगी है। कृपाशंकर जी इसको ढोंग नहीं मानते। उनकी दृष्टि में यह संसार का व्यवहार है। अधिक नैतिक बनकर कष्ट पाते रहना, यह कहाँ की बुद्धिमानी है। बुद्धिहीनों की झोली में भला नैतिकता कब टिकती है। किसी मूर्ख के नैतिक-अनैतिक बनने से इस संसार का कुछ नहीं बिगड़ता। नैतिकता का निर्धारण चतुर लोग ही करते आए हैं और करते रहेंगे।

आज शायद यही निष्कर्ष निकला कि कृपाशंकर जी बुद्धिमान हैं और यह स्कूल मास्टर निरा मूर्ख।

प्रतिमा मेरे पास आकर बैठ गयी। पूछ बैठी—ट्यूशन पढ़ाने आज चेयरमैन साहब के यहाँ गए थे ?

जिस दिन से मैं वहाँ जाने लगा था, उसी दिन से प्रतिमा की आशा बलवती

होने लगी थी। आज मुझमें उत्साहीनता थी। प्रतिमा को मेरा ऐसा चेहरा पसन्द नहीं। यह नारी अपनी आशाओं के जाल में फँसकर छटपटा रही थी। उसके कान सुनने को तरस रहे थे कि कोई आकर खुशखबरी कहे—रामेश्वर जी प्राचार्य बन गए।

यह सच है कि आशा के झूले पर हम दम्पति झूल रहे थे। अंतर इतना था कि प्रतिमा झूलती हुई केवल आकाश की ऊँचाई को छूना चाहती थी और मुझे उस ऊँचाई को छूने में डर लग रहा था। मेरी दृष्टि जमीन पर थी कि कहीं गिरूँ भी तो अधिक चोट न लगे। लालसा के झूले ने हमारा सुख-चैन छीन लिया था। इन दिनों दाम्पत्य का अनुराग भटकता हुआ यथार्थ की कठोर शिला पर जाकर सो गया था।

लालसाओं का पौधा जब हृदय में उगता है तब वह गुलाब की पंखुड़ी से भी अधिक कोमल होता है। परन्तु जब उसे यथार्थ के झोंके लगते हैं तब वह सूखी लकड़ी बन जाता है।

लालसा मैंने अवश्य की। किन्तु अब मैं मन में पछताता था कि व्यर्थ के इस जंजाल में पड़ा। कृपाशंकर के नौकर तक मुझे देखकर मुस्कुराते हैं। छात्र समुदाय दर्शक बना इस जुए में मेरी हार-जीत देखने की प्रतीक्षा में है। इस विद्यालय में सुधार और प्रगति के लिए जन्मी मेरी कल्पना में ही तो कहीं खोट न था ? जीवन-प्रवाह में तिनके की नियति पानेवालों का भेद अब समझ में आया। पत्थर बनकर अड़ जाने पर न जाने कितनी धाराओं की मार सहनी पड़ती है।

परन्तु अब पीछे नहीं देखूँगा। मैं अपने व्यक्तित्व के उस पक्ष की समीक्षा भी नहीं करूँगा जो मुझे निराशा के अंधकार में ढकेल देता है। मुझे विश्वास है कि जो मैं चाहता हूँ, वह मुझे अवश्य मिलेगा।

मेरे मुखमण्डल पर जो निश्चय झलका वह प्रतिमा से छिपा नहीं रहा। वह प्रसन्न थी। संध्या में नाश्ता करते समय उसने बताया कि आज वह भगवान गोरखनाथ के मंदिर में गयी तो वहाँ उसे एक ज्योतिषी जी मिल गए। उनके अनुष्ठान करने पर विध्न-बाधाएँ दूर हो जाती हैं और मनोरथ पूरा होता है। वे जाकर अपने मंदिर में पूजा करेंगे। प्रतिमा ने उन्हें साठ रुपए अनुष्ठान करने के लिए दिए।

मैं उसे देखता रह गया। लालसा-पूर्ति के उल्लास में उसका विश्वास अंधा हो गया था किन्तु वह संतुष्ट और प्रसन्न थी।

चौदह

बहुत दिनों से इच्छा थी कि अपने जीवन पर कुछ लिखूँ। किन्तु अपने बारे में बिल्कुल सच-सच लिख पाना कितना कठिन है। आधा सच और आधा झूठ तो सभी लिख लेते हैं। अब तक नहीं लिख पाने का कारण मेरी व्यस्तता रही। किसी शिक्षा-संस्था का प्रधान होने का अर्थ ही है कि आप दुनिया के सारे काम कर लीजिए, किन्तु आपके अपने काम नहीं होंगे। नहीं तो क्या आज तक मैं अपने विषय में सौ-दो सौ पृष्ठ नहीं लिख सकता था ?

अब अवकाश है, लिखूँगा। यदि लिख सका तो लोगों को बताऊँगा कि शिक्षा-जगत् में भी कैसे-कैसे भ्रष्टाचार हैं। सरस्वती की शुभ्र प्रतिमा कलुष के कीचड़ में धँसती जा रही है।

इस क्षेत्र के लोग अब मुझे विद्याधर राय के नाम से कम, हेडमास्टर साहब के संबोधन से ज्यादा जानते हैं। जीवन की अंतिम घड़ी तक मैं हेडमास्टर साहब ही कहलाता रहूँगा।

कीचड़ में पैर धँसने के पहले ही मैं किनारे लग गया। यह भी संयोग है कि दिनेश कुमार जैसा व्यक्ति इस कुर्सी पर आ बैठा। दिनेश कुमार और कृपाशंकर जैसी हस्तियों की चाल भला कौन भाँप सकता है। दिनेश कुमार केवल इस स्कूल के मास्टर ही नहीं, इस क्षेत्र की जानी-मानी हस्ती हैं। लक्ष्मी उनकी हैं तो सरस्वती भी उनके साथ हैं।

रामेश्वर प्रसाद निराश हैं। कहते हैं, आप ही कुछ सहायता कीजिए। लेकिन अब मुझे कौन पूछेगा। पूछ कुर्सी की होती है।

कुछ शिक्षक आकर बता गए हैं कि विद्यालय में मुझे विदाई देने के लिए कोई आयोजन होने जा रहा है। जिस विद्यालय की मैंने तीस वर्षों तक सेवा की वह मुझे विदा देगा। अपनी विदाई की बात से मन में उदासी-सी घिर रही है। इस संस्था से कितना लगाव हो गया था। ये भवन, इसके बरामदे, विद्यालय का लॉन सब छूट जाएँगे। सभी से कहता जाऊँगा—मित्रो, याद रखना इस विद्याधर राय को। असंख्य बार तुम्हारे परिवेश में मैं घूमा-फिरा हूँ। अपनी चमकती-उछलती जवानी लेकर मैं तुम्हारे पास आया था, आज एक शिथिल बुढ़ापा लिये जा रहा हूँ। लेकिन जो स्नेह तुमसे मिला वह बस याद करने की बात रह जाएगी। तुम सभी मुझ पर हँस रहे होगे कि मैं मोहग्रस्त हो गया हूँ। क्या करूँ, उम्र की स्वाभाविकता को कौन दूर फेंक पाता है। वृद्धावस्था में मोह तीव्र हो जाता है।

इस क्षण का आभास मुझे था। रिटायर होने का भय धीरे-धीरे मेरे भीतर पैठता जा रहा था। लेकिन समय को कौन रोक सका है। हाँ, इस बात का मुझे संतोष है कि मैं शान से आया, और शान से ही जा रहा हूँ। पूजा-अनुष्ठान पूरा

होने के बाद आंमत्रित देवताओं को भी अपने धाम को वापस लौटना पड़ता है। मेरा भी अनुष्ठान पूरा हुआ। चलते-चलते अपनी विदाई का यह आयोजन देख लूँ।

विदाई-समारोह जिस दिन होगा उस दिन की अपनी स्थिति की कल्पना मैं अभी से कर रहा हूँ। सभा में उपस्थित कई शिक्षक और छात्र मेरी सेवाओं की प्रशंसा करेंगे। कुछ लोग अपने संस्मरण सुनाएँगे। तालियाँ बजेंगी। फूल-मालाओं से मेरे गर्दन-सिर ढँक जाएँगे। अंत में सभी के प्रति आभार व्यक्त करते हुए मुझे भी बोलना पड़ेगा। किन्तु क्या बोलूँगा ? क्या सब सच बोलूँगा ? या कुछ मिथ्या का भी मसाला मिलाऊँगा ? यदि सब सच-सच बोल दूँगा तो भगवान जाने, उस समारोह का रूप कैसा होगा।

सभा-मंडप में मेरे सामने विद्यालय का सारा स्टाफ बैठा होगा। छात्र होंगे, अभिभावक होंगे। सभी लोग मुझे सुनने के लिए उत्सुक होंगे। उनकी दृष्टि में इस क्षण श्रद्धा होगी। विदा के क्षणों में हमारी उदारता में थोड़ी वृद्धि हो जाती है। अधिकतर लोग अपना राग-विराग भूल जाते हैं।

किन्तु कुछ मास्टरों से जब मेरी निगाह मिलेगी तब उस दृष्टि और मेरी वाणी के बीच कितना बड़ा अन्तराल होगा। उस अन्तराल को वक्ता और श्रोता दोनों झेलेंगे। हरिनाथ पाण्डेय मेरी वाणी में एक कर्मठ और सुसंस्कारी शिक्षक के रूप में व्यक्त होंगे। किन्तु मैंने अपनी आँखों से उनके जिस अतीत को देखा है और उस कथा की जो लकीर मेरे मन-पट पर खिंच गयी है, उसे भला मैं भूल पाऊँगा ? स्वयं हरिनाथ भी नहीं भूले होंगे। कौन अपने चरित्र-स्खलन को भूल पाता है !

मेरे पास एक गुमनाम पत्र आया था कि हरिनाथ पाण्डेय ने अपने गाँव में एक युवती के साथ अवैध सम्बन्ध रखा है। पाण्डेय जी से मैंने एकान्त में पूछा—क्या यह सच है ?

पाण्डेय सकपकाए।

मैंने कहा—स्पष्ट कीजिए ! क्या यह गुमनाम पत्र आप पर झूठा आरोप तो नहीं है ? एक शिक्षक के सम्बन्ध में ऐसी बातें कही जाएँ, यह लज्जाजनक है।

पाण्डेय जी ने स्वीकार किया।

सभी जानते हैं कि नौकरी का कोई कानून नहीं कहता कि ऐसे लोगों को शिक्षक नहीं बनाया जाय। जो चरित्रहीनता सप्रमाण पकड़ी जाती है, कानून उसे ही सही मानता है। छद्म रूप में कौन चरित्रहीन नहीं है।

मैंने पाण्डेय जी से इतना ही कहा—आप एक शिक्षक हैं। समाज का निर्माण करते हैं। आप चरित्र-निर्माता कहलाते हैं। अपने पाँवों में कीचड़ लपेटे हम किसी

दूसरे के घर को साफ-सुथरा नहीं बना सकते। अध्यापक का जीवन बड़ा पवित्र होता है।

औषधि की दोहरी मात्रा विष बने या न बने किन्तु उपदेश की अत्यधिक मात्रा जहर जरूर बन जाती है। हरिनाथ पाण्डेय गुस्से से पैर पटककर मेरे पास से हट गए। कई महीने बोले नहीं। इधर-उधर मेरे विरोध में कहते रहे—विद्याधर राय हमारे निजी जीवन में टाँग क्यों अड़ाते हैं। क्या स्वयं वे दूध के धुले हैं ? बाद में मैंने यह भी सुना कि उस युवती ने एक पुत्र को जन्म दिया। गाँव में पाण्डेय जी का जाति-बहिष्कार हुआ। आज तक वह रखैल उनके घर में है।

वह जो विश्वनाथ जी मुँह में पान का बीड़ा लिये कुर्सी पर बैठे-बैठे मुस्कुरा रहे हैं, उनकी मुस्कुराहट का राज मुझसे ज्यादा भला कौन जानता होगा। वे रोज ही शराब पीते हैं और अपनी पत्नी को पीटते हैं। क्लास में बैठे-बैठे अंड-संड बकने लगते हैं। कई बार मैंने उन्हें स्कूल से लौटाया है।

जहाँ शिक्षक शराबी हों, उस देश की शिक्षा और संस्कृति का कैसा रूप होगा। नर्मदा बाबू विद्यालय में हमेशा एक एंटी फोर्स माने गए। अथरिटी के खिलाफ रहे। वे जब चाहें तब गोरखपुर के किसी भी स्कूल में हड़ताल करवा सकते हैं। हेडमास्टर अथवा प्रींसिपल का घेराव करवा सकते हैं। क्योंकि वे माध्यमिक विद्यालय शिक्षक संघ के नेता हैं। वह नेता कैसा जिसके संकेत पर हड़ताल न हो !

इन्हीं नर्मदा बाबू ने विद्यालय में जातीय स्तर पर कायस्थों का एक गुट बनाया था। उसमें रामेश्वर बाबू को भी फँसा लिया था। कुछ पैसे भी ऐंठ लिए। बाद में रामेश्वर प्रसाद की आँखें खुलीं और विद्यामंदिर में जातिवाद की निरर्थकता समझ में आई। नर्मदा बाबू बारीक हैं। हँसते-हँसते कब घात कर बैठेंगे, पता नहीं चलता। जिला शिक्षा अधिकारी के पास मेरे विरुद्ध शिकायत करनेवालों के द्रोणाचार्य ये ही थे। उन्होंने मेरे गले में दो-दो मालाएँ डाली हैं।

कटु सत्य यदि अप्रिय हो तो उसे कहना वर्जित है। इसीलिए अपने वक्तव्य को मुझे भी सीमा के भीतर ही रखना होगा। कहने के लिए तो बहुत होगा। मधु कम होगा, कटु ज्यादा होगा।

स्कूल के चपरासियों और मालियों को अवज्ञा की दीक्षा देने वाले कुंदनलाल जी भी वहीं बैठे होंगे। वे आठवीं-दसवीं कक्षा को ड्राइंग पढ़ाते हैं। किन्तु कागज की ड्राइंग से अधिक उनका मन मनुष्यों की ड्राइंग बनाने में लगता है। उनकी ही सोहबत में इस स्कूल के कर्मचारी बिगड़ गए। उन लोगों ने इस विद्यालय को अपनी संस्था नहीं माना। जिस संस्था से उन्हें रोटी मिली, आश्रय मिला उसके प्रति उनके मन में रंचमात्र भी लगाव पैदा नहीं हुआ। जब भी सामने काम आया तब वहाँ उनका कानून मुखर हुआ। लॉन में गुलाब के कई पौधे इसलिए सूख

गए क्योंकि सिंचाई करने वाला पाइप फट गया था और बाल्टी से पानी डालना उनका काम नहीं था। एक दिन स्कूल में शिक्षकों की एक जरूरी बैठक थी। देर तक चली। किन्तु चपरासी ने ठहरना जरूरी नहीं समझा। पाँच बजे अपनी ड्यूटी खत्म कर वह अपने घर चला गया।

कर्त्तव्य यदि कानून की बैसाखी पर ही टँगा चलता रहेगा, तो वह भला कितनी दूर चल पाएगा। कर्त्तव्य करने की भावना में कानून से पहले प्रेम और निष्ठा की अपेक्षा होती है। किन्तु कौन समझाए इन्हें ?

मास्टर सूरजभान रस्तोगी हाई स्कूल के परीक्षा फार्म भरवाने में बच्चों से ही हजारों रुपए डकार गए। एडमिशन कराने के लिए अभिभावकों से रिश्वत ली, परीक्षा में कॉपियाँ बदलवाईं, नंबर बढ़वाए और एकाध मामले में तो जन्मतिथि भी बदल देने का साहस दिखाया। सारे नियमों को ताक पर रखकर मनमानी करनेवाले ऐसे शिक्षक क्या शिक्षा-जगत् पर कलंक के टीके के समान नहीं हैं ? रस्तोगी जी देवी के भक्त हैं। सत्संगों में भी जाते रहते हैं। माथे पर चंदन-टीका लगाते हैं। कोई प्रींसिपल अथवा अफसर उनका कुछ बिगाड़ नहीं सकता। क्योंकि उनकी भी पहुँच ऊपर तक है। इसलिए इस नौकरी के अलावा इस शहर में उनके कई उद्योग-धँधे फल-फूल रहे हैं।

सामने बैठे हुए इन शिक्षकों की ओर उँगली उठाकर मैं कह सकता हूँ और चुनौती के साथ कि किस-किसने इस पेशे में ईमानदारी बरती है। मुश्किल से दस-बीस कक्षाएँ पढ़ाकर हजारों का वेतन पाने का अधिकार कैसे बन जाता है ? प्रश्न है कि इन बिगड़ी हुई परिस्थितियों में सुधार कैसे हो और कौन अंकुश लगाए। आए दिन पत्र-पत्रिकाओं में लेख छपते रहते हैं, शिक्षा के स्तर की गिरावट पर चिन्ताएँ व्यक्त की जाती हैं, परन्तु सब ढाक के तीन पात।

मेरे ही कार्यकाल में इस प्रदेश के मंत्रिमंडल में पाँच शिक्षामंत्री आए और गए। शिक्षा में नए सुधार करने के लिए पूरी उमंग के साथ वे आए और निराश होकर चले गए।

दोष कहाँ है, इस पर विचार करने का पूरा प्रयास नहीं हुआ। अधकचरे प्रयासों और प्रयोगों ने शिक्षा की मिट्टी और पलीद कर दी। ऊपरवाले कहते हैं, कमी नीचेवालों में है। और नीचे वालों का जवाब है कि दोष-बेल की जड़ आकाश में है, धरती पर नहीं। गुरुकुल की शिक्षा अब नाटक और कहानी की विषय-वस्तु बन के रह गई। अब शिक्षा है कहाँ। जो आँखों के सामने है, वह है शिक्षा के बड़े-बड़े भवन और उनमें नित्यप्रति होनेवाली क्षुद्र मानवों की नौटंकी।

मेरे इस असंतोष का आशय यह भी नहीं है कि हमारे देश के सभी शिक्षा-संस्थानों की एक ही दशा है। ऐसा नहीं है। कुछ संस्थाएँ अपने अनुशासन, सिद्धान्त, आदर्श और निष्ठा में वास्तव में बहुत ऊपर हैं। वैसी संस्थाएँ अनुकरणीय

हैं। परन्तु बहुसंख्य स्कूल-कॉलेजों की दशा अच्छी नहीं हैं। इसके लिए राजनीतिक हस्तक्षेप भी कम जिम्मेदार नहीं है।

छोटी-छोटी उपलब्धियों के लिए आज की बदहवास भौतिकवादी दौड़ की भीड़ में हमारी शिक्षा एक भोले बालक की तरह अपना रास्ता भटक गयी है। ज्ञानी की पूछ नहीं और ढोंगी मंच पर मालाओं से लद रहा है। शिक्षा-जगत् की ऐसी हालत आखिर कब तक रहेगी। कहाँ छिपी है वह शक्ति जो इसमें सुधार कर सके।

देखते-देखते धूप तेज हो गयी। मैं बैठा-बैठा यही सब सोचता रहा। अगले महीने की बीस तारीख को यह आवास भी छोड़ देना पड़ेगा। अपने पैतृक गाँव लौट जाऊँगा। कई मित्रों ने कहा—हेडमास्टर साहब, आप क्यों लौट रहे हैं अपने गाँव, तीस साल यहाँ रहे। अब तो यही आपका घर है और गाँव है।

उनकी प्रेरणा थी कि इसी शहर में मैं भी एक मकान बनवा लूँ। किन्तु ऐसी योजना मेरे मन में कभी नहीं आयी। यहाँ कई मास्टरों ने अपने मकान बनवा लिए हैं या खरीद लिए हैं।

बीस की शामवाली गाड़ी से अपने गाँव लौट जाऊँगा। तीस वर्षों के सान्निध्य को उस दिन अलविदा कहना होगा। इस स्थान के मोह से ग्रस्त हूँ। फिर भी जाना तो है ही। वहाँ जाकर क्या करूँगा, यह अभी नहीं सोचा है। लेकिन पहले वहाँ डायरी लिखने का काम करूँगा। देखूँ लिख पाता हूँ या नहीं।

यह बात जब दिनेश कुमार ने सुनी तो उनका उत्तर था—क्या करोगे डायरी लिखकर। कौन पढ़ेगा। और उससे क्या शिक्षा में सुधार हो जाएगा ? जब तक आपका लिखना पूरा होगा, किताब छपेगी तब तक इन शिक्षामंदिरों का रूप बदल चुका होगा। हर साल शिक्षा-नीति बदलती है।

तो क्या दिनेश कुमार का ही सोचना सही है ?

पन्द्रह

कृपाशंकर ने दिनेश कुमार को बुलाकर विदाई-समारोह के कार्यक्रम पर विचार किया। दिनेश कुमार की इच्छा थी कि समारोह की तिथि कुछ दिनों के लिए स्थगित कर दी जाय। इस बीच स्थायी प्राचार्य की नियुक्ति का इन्टरव्यू सम्पन्न हो जाय। और एक ही अवसर पर निवर्तमान और नवनियुक्त प्राचार्यों का अभिनन्दन हो।

किन्तु कृपाशंकर इस खेल को दिनेश कुमार से ज्यादा अच्छी तरह समझते थे। वे जल्दी में कुछ नहीं करना चाहते थे। अतः दिनेश कुमार का प्रस्ताव नहीं

माना गया। दिनेश कुमार चाहते तो अकड़ सकते थे और कृपाशंकर से अपनी असहमति व्यक्त कर देते। परन्तु भविष्य में सम्बन्ध बिगड़ने की आशंका ने उनको अपने ऊपर संयम रखने पर मजबूर किया।

विद्यालय के उनके निकट के शिक्षकों के साथ एक बैठक हुई और बैठक में यह आशंका व्यक्त की गयी कि चेयरमैन क्या किसी अन्य कैंडिडेट के बारे में तो नहीं सोच रहे हैं।

एक शिक्षक ने कहा—ऐसा नहीं होगा और न हम ऐसा होने देंगे। अगर बाहरी आदमी आया तो इस विद्यालय को हम एक दिन भी नहीं चलने देंगे।

"आप चलने की बात करते हैं। मैं तो मुकदमा दायर कर उनकी सारी कपट चाल को धता बता दूँ। बड़े ट्रान्सपोर्टर होंगे वे अपने लिए।"

इस विषय पर दिनेश कुमार के शान्त रहने में ही भलाई थी। उन्हें पता था कि कृपाशंकर कैसे आदमी हैं। वे उन ड्राइवरों के मालिक थे जो हॉर्न बजाने पर भी राह से हटने में देर करनेवाले मुसाफिर को कुचल कर चल देने में ही अपनी शान समझते थे। चेयरमैन की मर्जी के खिलाफ कोई आशंका करना उनका कोप-भाजन बनना था।

पाँच तारीख आ गयी। मंगलवार था। स्कूल के अहाते में टेंट-शामियाना लगाकर मंच सजाया गया। कुर्सियाँ और लाउड-स्पीकर लग गए। घंटेभर में पांडाल दर्शकों से भर गया। उनमें छात्र, शिक्षक, अभिभावक सभी थे।

दूसरे विद्यालयों के भी शिक्षक और शिक्षा अधिकारी आए। अंत में कृपाशंकर की सफेद कार गेट के सामने आकर खड़ी हो गयी। उनके स्वागत में कई मास्टर दौड़े। दिनेश कुमार सबसे आगे थे। उसी कार से कृपाशंकर के साथ हेडमास्टर विद्याधर राय भी उतरे।

मंच पर अनेक वक्ताओं ने अपने उद्‌गार व्यक्त किये और हेडमास्टर राय की सेवाओं की प्रशंसा की। राय जी मालाओं से लद गए। वे इस समय द्रवित थे। आँखों में भावुकता की चमक थी। अंत में उनसे आग्रह किया गया कि श्रोताओं के समक्ष कुछ बोलें।

दर्शक साँस थामे उनकी बात सुनने को उत्सुक थे। पांडाल खामोश था।

विद्याधर राय जैसे ही कुर्सी से उठकर माइक की ओर बढ़े कि पूरा पांडाल करतल-ध्वनि से गूँज उठा। आज उनका कंठ साथ नहीं दे रहा था। गला बार-बार रुँध जाता था। अपने सहयोगियों, छात्रों और अभिभावकों के उस समूह को सम्बोधित करते हुए विद्याधर राय ने कहा—सेवा से अवकाश प्राप्त कर आज मैं आपसे अलग हो रहा हूँ। इस लम्बे सेवाकाल में यहाँ असंख्य लोग मेरे आत्मीय बन गए। आप सभी ने मुझे अपार स्नेह और प्यार दिया। छात्रों से मुझे श्रद्धा मिली। इसके लिए मैं सभी का हृदय से आभारी हूँ। आप मुझे हमेशा याद आएँगे। छात्रों

के उज्ज्वल भविष्य की कामना करता हूँ। हाँ, एक बात मैं अवश्य कहूँगा कि इस संसार की बुनावट में क्षुद्र स्वार्थों के धागे बहुत उलझे हुए हैं। उनसे हमारा पवित्र सौहार्द्र और प्रेम भी कलुषित हो जाता है। विद्या का आदान-प्रदान एक पवित्र काम है। इस व्यापार में मन की उदारता और संकीर्ण स्वार्थों का त्याग बहुत आवश्यक है। जितना मैं समझ सका हूँ वह यह कि विद्या परोपकार और त्याग से फलती-फूलती है। विद्यामंदिरों में भी यदि हम छोटी-छोटी बातों को लेकर आपस में टकराते रहेंगे तो उससे किसी का भी कल्याण नहीं होगा। बनते मकान के लिए अनुकूल मौसम की जरूरत होती है। जहाँ राष्ट्र के भावी कर्णधारों का निर्माण हो रहा हो वहाँ शिक्षकों का पारस्परिक कलह कभी भी श्रेयस्कर नहीं हो सकता।

शिक्षक का कार्य बड़ा उत्तरदायित्वपूर्ण है। इस पेशे में सबसे पहले आपकी निष्ठा की परख होती है। यदि आप में आत्मविश्वास नहीं है तो आप दूसरों में विश्वास कभी नहीं जगा सकते। अतः इस पेशे में केवल उन्हीं लोगों को आना चाहिए जिनके भीतर अध्यापन-कार्य के प्रति लगन, प्रेम और निष्ठा है। नौकरी के लिए मास्टरी बेमौसम का फल है जिसमें कोई स्वाद नहीं होता।

मुझे गर्व है कि मेरे विद्यालय में आदर्श और निष्ठावान शिक्षकों की कमी नहीं है। भयंकर आँधी-तूफान आने पर तो बड़े-बड़े पेड़ भी उखड़ जाते हैं इसलिए प्रतिकूल परिस्थिति में किसी निष्ठावान अध्यापक से अपने कर्त्तव्य-निर्वाह में कोई चूक भी हो सकती है। ऐसा मेरे सहयोगियों से भी हुआ। मैंने उसको कभी बुरा नहीं माना। हाँ, यदाकदा अनुशासन की भावना से मैंने उनके साथ कड़ा व्यवहार किया। परन्तु उन्होंने मेरे व्यवहार का बुरा नहीं माना। प्रशासन चलाने के लिए बहुत से कार्य बेमन से भी करने पड़ते हैं।

श्री राय अभी अपना वक्तव्य दे ही रहे थे कि कहीं से दौड़ता हुआ एक छात्र आकर मंच पर चढ़ गया। मंच पर बैठे अतिथि और स्वयंसेवक उसको रोकें-रोकें कि माइक से मुँह सटाकर वह चिल्ला पड़ा—अगला प्रींसिपल कौन ?

कोने में खड़े छात्रों के दल में नारा गूँजा—दिनेश कुमार।

"विद्यालय का कर्णधार कौन ?"

"दिनेश कुमार !"

कृपाशंकर ने उठकर उस छात्र को माइक से अलग किया और कई लोगों ने पकड़कर उसे मंच से उतारा। सभा में खलबली मच गयी। अचानक यह क्या हो गया। तभी अपनी कुर्सी से उठकर अहमद साहब माइक के सामने आ खड़े हुए और जोर से बोले—भाइयो, हमें ताज्जुब और अफसोस है कि ऐसे पाक मौके पर इस तरह की नारेबाजी हो रही है। इसके पीछे जो साजिश है, वह हमें मालूम है।

अब दुर्गा सिंह अपनी कुर्सी छोड़ खड़े हो गए।

"बस कीजिए मौलाना। अपनी वकालत बन्द कीजिए। सिखाई बुद्धि ढ़ाई घड़ी की होती है। अगर आगे कुछ कहिएगा तो उसका मुँहतोड़ जवाब मिलेगा।"

"तब आपकी दाढ़ी आसमान में होगी।" भीड़ में से कोई चिल्लाया।

देखते ही देखते पांडाल में अशांति फैल गयी। अध्यापकों के दो दल ताल ठोंककर आमने-सामने आ गए। कुछ अभिभावक भी आ मिले। बहुत लोग पांडाल छोड़कर बाहर चले गए। कृपाशंकर ने जल्दी-जल्दी दो-चार शब्द कहकर सभा सम्पन्न कर दी।

हेडमास्टर विद्याधर राय करुण दृष्टि से यह सब देखते रहे। इस वक्त उनकी दशा उस किसान जैसी थी जो अपने परिश्रम से उगाई फसलवाले खेतों को किसी और के हाथों सौंप कहीं जा रहा हो और उसकी आँखों में शंका कौंध गयी हो कि यह फसल बचेगी नहीं। एक दिन ये खेत बर्बाद होकर रहेंगे।

उस रात विद्याधर को नींद नहीं आई।

दूसरे दिन ही उन्होंने प्रस्थान का कार्यक्रम बना लिया। यद्यपि बीस तारीख में अभी कई दिन बाकी थे। शाम में उनकी गाड़ी थी। स्कूल के चपरासी, कुछ पुराने छात्र और शिक्षक उन्हें छोड़ने स्टेशन गए। रामेश्वर प्रसाद उदास थे।

विद्याधर राय जब स्कूल के लॉन से आगे बढ़ रहे थे तभी उन्हें कुछ याद आया। पूछा—रामेश्वर जी इस साल सरस्वती-पूजा कब है ?

"बाइस फरवरी को पड़ी है। आइएगा सर, कम से कम सरस्वती-पूजा में आ जाइए।"

श्री राय उस स्थल को क्षणभर देखते रह गए जहाँ उन्होंने प्रतिवर्ष सरस्वती की प्रतिमा को प्रणाम किया था और अपने विद्यालय की प्रगति की मनोकामना की थी। इस क्षण वहाँ प्रतिमा नहीं थी। मंच का अवशेष था। मंच हर बसंत पंचमी को निर्मित होता था। ट्रेन में सवार होकर विद्याधर राय ने खिड़की से गोरखपुर रेलवे प्लेटफार्म की भीड़ को देखा। इस भीड़ में असंख्य विद्याधर रोज ही आते और जाते हैं।

हाथ निकाल कर खड़े रामेश्वर प्रसाद के कंधे को छूकर कहा—आज साथ छूट रहा है, रामेश्वर बाबू। यदि आपको सफलता मिल जाय तो मुझे एक पत्र से सूचित कर दीजिएगा। मुझे खुशी होगी। कीजिएगा न ?

"अवश्य !"

रामेश्वर की दृष्टि मिली और दोनों की आँखें छलछला आईं।

"मेरी विदाई के वास्तविक क्षण अब आए हैं मास्टर साहब। कल पांडाल में मैं पत्थर बन गया था। मेरी शुभकामना आपके साथ है।

रामेश्वर प्रसाद भीगे नेत्रों से गाड़ी का जाना देखते रहे। कैसे कहें कि किसी

आत्मीय का आना और जाना जीवन की बड़ी घटना नहीं है !

लौटते समय रामेश्वर प्रसाद के पाँवों में पसेरी-पसेरी भर के पत्थर बँधे थे।

सोलह

चेयरमैन के प्रस्ताव को लेकर मैं कई दिनों तक उधेड़-बुन में पड़ा रहा। समझ नहीं पा रहा था कि क्या करूँ। प्रतिमा की प्रतिक्रिया को देख मैं चकित था। सुनते ही वह बोल पड़ी—इसमें क्या है। आप कल ही जाइए विश्रामपुर और मेरे बाबूजी और भाइयों को समझाकर कह दीजिए। बाबूजी आपकी बात टालेंगे नहीं। वे कोर्ट में जाकर गवाही दे देंगे। इतनी छोटी-सी बात पर आप दुविधा में पड़े हैं।

प्रतिमा जिसको छोटी-सी बात मानती थी, वह मेरे लिए बड़ी बात थी। क्या ऐसा करना मेरे लिए उचित था ? प्राचार्य बनने की अभिलाषा पूरी करने के लिए मैं दूसरों का दीन-ईमान खरीद लूँ ?

मेरी उलझन को प्रतिमा मूर्खता के समकक्ष मानती थी। उसकी दृष्टि में मैं व्यावहारिक कभी नहीं रहा, एक निरा मास्टर बना रहा। आज की दुनिया में ऐसे लोगों को कुछ नहीं मिल सकता।

मैंने उसे समझाने की कोशिश की—तुम मेरी स्थिति समझतीं नहीं। मैं प्रेरित करके उन लोगों से झूठी गवाही दिलवा दूँ। कृपाशंकर केस जीत जायँ। एक हत्यारा निर्दोष बन जाय। यह पाप है प्रतिमा, अधर्म है। यह काम मुझसे नहीं होगा। मैं नहीं जाऊँगा विश्रामपुर।

"मेरे मैके जाने की फुर्सत आपको कहाँ। आपको तो अपनी मास्टरी से ही फुर्सत नहीं मिलती। घर बैठे रहिए। कृपाशंकर बाजा-गाजा लेकर आपसे विनती करने नहीं आएँगे—चलिए मास्टर साहब, प्रींसिपल आप ही बन जाइए।"

प्रतिमा रुष्ट होकर मेरे पास से हट गयी। अपनी लालसा में वह व्यावहारिकता के इस बिन्दु को छू लेने का साहस करेगी, मैंने नहीं सोचा था।

अंत में मैंने निर्णय कर लिया कि मैं विश्रामपुर नहीं जाऊँगा, प्राचार्य बनूँ या न बनूँ। अब सबकुछ भाग्य के भरोसे ही छोड़ देता हूँ। जो प्रयास करना था, कर लिया।

चेयरमैन को ज्यादा दिनों तक मैं भ्रम में रखना नहीं चाहता था। एक दिन उनके घर चला गया और उन्हें कह दिया—झूठी गवाही के लिए मैं किसी को प्रेरित कर पाने में असमर्थ हूँ। इस विषय में मैं आपकी मदद शायद नहीं कर

पाऊँ।

मेरी बात पर कृपाशंकर को कोई आश्चर्य नहीं हुआ। उन्होंने फैली आँखों से मुझे देखा और मुस्कुराए।

"कोई बात नहीं मास्टरजी, काम हो जाएगा। मैंने तो यों ही आपसे कह दिया था।"

वे दूसरी तरफ जाने लगे। थोड़ी दूर पर उनसे मिलनेवाले कुछ लोग प्रतीक्षा में खड़े थे। तीन-चार कदम वे आगे बढ़ गए तो मैंने फिर कहा— सर, एक बात और है। कल से ट्यूशन पढ़ाने मैं नहीं आ सकूँगा।

"अच्छा ! क्यों ?"

"यों ही सर !"

"कोई कारण ? अध्यापन से अरुचि हो रही है ?"

"जी नहीं, ऐसी बात नहीं। इन बच्चों को मेरे घर भेज दीजिए। वहीं पढ़ा दूँगा।"

कृपाशंकर जी बिना कुछ बोले आगे बढ़ गए। मैं घर लौट आया।

आज मैं अपने को काफी हल्का महसूस कर रहा था। बोझ उतरने पर ही उसके वजन का सही अंदाज लग पाता है। मैं कितना परेशान था। इतने दिन उलझन और मानसिक द्वन्द्व में पड़ा रहा। लेकिन चेयरमैन के लिए तो जैसे यह कोई बात नहीं थी। कितनी बेतकल्लुफी से कह गए—मैंने तो यों ही आप से कह दिया था। ऐसे अथाह सागर के सामने मैं क्या हूँ, एक छिछला गड्ढा।

इतनी चिन्ता में मैं पड़ा रहा कि मेरे इन्कार करने पर चेयरमैन मुझ पर नाराज होंगे, न जाने क्या-क्या कह पड़ें। खड़े-खड़े मैं उनकी बातें सुन भी पाऊँगा या नहीं। मैं जानबूझकर अपने भविष्य को अंधकारमय बनाने पर तुला हूँ। मुझसे ज्यादा व्यावहारिक तो प्रतिमा है जो प्रस्ताव सुनते ही सहर्ष तैयार हो गयी। उसने तो इतना भी नहीं सोचा कि झूठ के कीचड़ में स्वयं उसके वृद्ध पिता और भाइयों को सनना है। और मैं हिचकता रहा।

मेरे आदर्श ने मुझे ही दुर्बल बना दिया है। आदर्शवादी बनकर क्या कर लूँगा ? दुनिया तनिक भी टस से मस नहीं होगी। उल्टे लोग हँसेंगे—मूर्ख रामेश्वर ! तुम्हारी मति मारी गयी जो चेयरमैन के पास जाकर इन्कार कर आया।

लेकिन सोचता हूँ मति मारी गयी तो क्या, मन हल्का हो गया। स्वार्थ सिद्ध नहीं होगा, इतना ही तो होगा। किन्तु प्रतिपल किसी अनुताप में जलते रहने से बच गया। सचमुच बच गया।

ट्यूशन छोड़कर उचित ही किया। चेयरमैन के आवास पर रोज-रोज जाने से मन कुंठित होने लगा था। लगता था कि कोई मेरी आत्मा की गर्दन में रस्सी बाँधकर घसीटते हुए कृपाशंकर जी के घर लिये जा रहा है। चर्चा चलने लगी

थी—रामेश्वर प्रसाद परले दर्जे का खुशामदी है। प्रींसिपली पाने के लिए यह ट्यूशन का नाटक रचा गया है। उनके घर पर हाथ जोड़े विनती करता होगा। लोगों ने क्या-क्या नहीं अनुमान लगाए। लोगों के प्रश्नों के उत्तर दिए जा सकते हैं परन्तु उनकी शंकाओं को दूर कर पाना अत्यंत कठिन काम है।

प्रतिमा की दुत्कार क्या मैं भूल पाऊँगा ? ट्यूशन छोड़ने की खबर जब उसे लगी तो वह कह पड़ी—अब भाग्य के भरोसे बैठे रहिए। जब सारा खेल बिगड़ जाएगा तब आपका सौभाग्य आसमान से आ टपकेगा। भाग्य भी इसी धरती पर बनता है और वह उन्हीं लोगों के लिए है जो उसे अपनाने की कूवत रखते हैं। अब मुझे कुछ नहीं कहना है। आप जैसा कमजोर आदमी प्रींसिपल नहीं बन सकता।

दूसरे कमरे में जाकर वह शायद सुबकने लगी थी। हम दोनों की स्थिति विचित्र थी। प्रतिमा निराशा के थपेड़े झेलने को तैयार नहीं थी और मैं सफलता के लिए आत्मा का सौदा करने के लिए प्रस्तुत नहीं था।

हम दोनों के उदास चेहरे देख मकान-मालकिन हाँफती हुई आकर कमरे में बैठ गयी। उसकी जिज्ञासा थी—क्या प्रींसिपल कोई दूसरा आदमी बन गया ? दुखी मत होइए मास्टर साहब। भगवान आपके साथ भी इंसाफ करेगा। मेरी छोटी बहन की बहू को बाईस साल के बाद लड़का हुआ है। हर बार लड़की होती थी। सात लड़कियाँ आ गयीं। घर में कलह और रोना-पीटना मचता। आखिर में भगवान ने सुन ली।

मकान-मालकिन प्रतिमा के पास खिसक गयी और उसके सिर पर हाथ रख आशीर्वाद दिया—बहू, तुम एक बार फिर गोरखनाथ के मंदिर चलो। ज्योतिषी जी से मैं पूछूँगी।

पिछली बार ज्योतिषी को अनुष्ठान के लिए साठ रुपए देने का भेद आज खुला। प्रतिमा को प्रेरित करने वाली मकान-मालकिन थी।

शाम होने लगी थी। वह उठकर चली गई।

सत्रह

सरकार ने मास्टरों की तनख्वाह बढ़ा दी थी। डी॰ ए॰ की बकाया राशि हर मास्टर को लगभग डेढ़-दो हजार के बीच मिली। रामपुकार सिंह किराए के मकान में रहते थे और इसी डी॰ ए॰ की आशा में उन्होंने दो महीने का मकान भाड़ा नहीं दिया था। बनिए का भी उधार था। पत्नी के लिए एक अच्छी साड़ी लेनी थी।

सभी ने खर्च की योजनाएँ बना डालीं।

जिस दिन डी.ए. की घोषणा हुई थी उस दिन स्कूल में पढ़ाई कम हुई। मास्टर लोग हिसाब-किताब में लगे रहे। हरिनाथ पाण्डेय तीन घंटे से प्रमोदलाल श्रीवास्तव के पास बैठे अपना हिसाब समझ रहे थे। क्योंकि उनको दुर्गा सिंह से एक सौ पचीस रुपए कम मिल रहे थे। स्कूल में कुछ शिक्षक ऐसे भी थे जो दो रुपए का हिसाब शुद्ध करने के लिए चार-चार घंटे कागज पर जूझ सकते थे।

यूनियन नेताओं की शिकायत थी कि पिछले कई वर्षों से जिन मुद्दों पर सरकार से उनकी टकराहट चल रही थी, उनमें कई दबा दिए गए। डी.ए. बढ़ाकर मास्टरों का मुँह बन्द किया गया।

डी.ए. की राशि पाते ही हरिनाथ पाण्डेय गाँव चले गए। उन्हें एक दुधारू गाय खरीदनी थी। अहमद साहब उर्दू बाजार में एक दर्जी की दुकान पर बैठे अपने बेटों के लिए पाजामा-कुर्त्ता सिलवा रहे थे। उन्होंने इस काम के लिए आज छुट्टी ले ली थी। बकाया राशि इतनी जल्द नहीं मिल पाती यदि दिनेश कुमार भागदौड़ नहीं करते। इससे विद्यालय में दिनेश कुमार की छवि में सुधार हुआ था।

प्रशासक के लिए इस अर्थ में भी सक्षम होना आवश्यक है कि वह अपनी संस्था में सही समय पर वेतन की व्यवस्था कर सके। तनख्वाह में देर होने पर सबसे ज्यादा बॉस के सिर ही पड़ती है। आर्थिक मुक्ति आज के भौतिकवादी समाज में सबसे बड़ी प्रसन्नता है। इसलिए दिनेश कुमार के विरोधी लोग भी कुछ नरम पड़ गए थे।

इधर एक नई बात सुनने में आई। दिनेश कुमार ने रामेश्वर प्रसाद के पास किसी से गुप्त संदेश भेजा और उन्हें सुझाव दिया कि वे प्राचार्य बनने की इच्छा का त्याग कर विद्यालय के हित में दिनेश कुमार के लिए रास्ता साफ कर दें।

इस प्रस्ताव पर रामेश्वर प्रसाद को आश्चर्य के साथ क्रोध हुआ। विद्यालय के प्रधान की कुर्सी उनके लिए एक चुनौती बनकर खड़ी थी। इतना संघर्ष किया, जगह-जगह प्रयास किया और आज इस प्रतियोगिता से वे बाहर हो जायँ ?

एक रात हरिनाथ पाण्डेय उनके घर आ धमके। उस समय रामेश्वर प्रसाद कोई पुस्तक पढ़ रहे थे।

वे अन्दर आकर कुर्सी पर बैठ गए। हरिनाथ का ऐसे वक्त आना रामेश्वर प्रसाद के मन में कौतूहल पैदा कर रहा था। रामेश्वर प्रसाद ने उनके आने का प्रयोजन पूछा।

हरिनाथ अपनी कुर्सी से उठकर दूसरी कुर्सी पर आ बैठे जो रामेश्वर प्रसाद के नजदीक थी। एक बार खँखार कर मुँह की सुर्ती बाहर फेंकने गए और फिर धोती को थोड़ा ऊपर उठाकर बैठते हुए बोले—स्कूल के बारे में हम लोग नहीं

सोचेंगे तो दूसरा कोई नहीं सोचेगा। चेयरमैन भी उलझन में पड़े हुए हैं।

"क्यों उन्हें क्या हो गया।" रामेश्वर प्रसाद बोले।

"अरे, आप सब जानते हैं। मैं कहता हूँ कि वे उलझन में पड़े भी रहें तो क्या, समस्या तब तक हल नहीं होगी जब तक हम लोग उनकी सहायता न करें। मेरा तो निवेदन है मास्टर साहब कि आप चाहें तो दिनेश जी को प्रींसिपल बना सकते हैं। भगवान शंकर की शपथ खाकर कहता हूँ, मैं झूठ नहीं बोलता। दिनेश जी को अगर किसी से भय है तो आपसे। काँटे की लड़ाई तो आप ही दोनों में है।"

"तो आप दिनेश जी की ओर से संधि-प्रस्ताव लेकर आए हैं ?"

पाण्डेय जी खड़खड़ाकर हँस पड़े। उत्साह में घुटने की धोती थोड़ी ऊपर चढ़ा ली—मोटी-मोटी भारी जाँघें दिखने लगीं। पाण्डेय जी ने किसी जमाने में पहलवानी भी की थी। आगे के दो दाँत कुश्ती में टूट गये थे। उनकी जगह सोने के दाँत लगे थे। दिनेश कुमार का प्रींसिपल बनना पाण्डेय जी के हक में ज्यादा लाभदायक था। रोपनी और फसल काटने के दिनों में कई-कई दिन वे अपने गाँव में रह जाते थे। विद्यालय जाने की कोई चिन्ता नहीं रहती। दिनेश कुमार यदि प्रधान बन गए तो फिर पाण्डेय जी का पौबारह हो जाएगा। केवल तनख्वाह लेने के दिन स्कूल आएँगे।

पाण्डेय जी का जवाब था—बिना संधि-प्रस्ताव के भला कब काम चला है इस संसार में। महाभारत हो या रामायण, देख लीजिए यही काम कृष्ण और सुग्रीव ने किया।

"तो आप भी कुछ बनने चले हैं ? देखिए पाण्डेय जी, मैं किसी को भ्रम में नहीं रखना चाहता और न कोई षड्यंत्र रचने का मेरा स्वभाव है। वह काम दिनेश ही कर सकते हैं। मैं खुला खेल खेलता हूँ।"

"वह मुझे मालूम है। तभी तो पूरे विद्यालय में आपके स्वभाव की सराहना की जाती है। किन्तु रामेश्वर बाबू, आदमी को हमेशा एक समान नहीं रहना चाहिए। परिस्थिति के अनुसार अपने को थोड़ा बदल लेने में कोई हानि नहीं।"

"यानी गंगा गए गंगादास, यमुना गए यमुनादास।"

"अरे नहीं, ऐसा नहीं। आपको मैं जानता हूँ आप इतना थोड़े बदल पाएँगे। मेरा मतलब है कि दिनेश बाबू के लिए भी सोचिए। वे गैर नहीं हैं।"

"अर्थात् उनके लिए रास्ता साफ कर दूँ ?"

"इसमें आपकी भी भलाई है। जरा दूर तक देखिए।"

"मैं अंधा हूँ हरिनाथ जी। मुझे दूर तक नहीं दिखाई पड़ता।"

पाण्डेय जी फिर हँसने लगे। थोड़ा और नरम होकर बोले—दिनेश जी अगर तनिक-सा भी प्रसन्न हो जायँ तो आपके कितने बिगड़े और रुके काम बन सकते

हैं।

"मेरा काम ? कैसा काम ?"

आश्चर्य से रामेश्वर प्रसाद हरिनाथ को देखने लगे। हरिनाथ टेबल पर से अखबार उठाकर दोनों हाथों से बारबार मोड़ और खोल रहे थे।

"अब देखिए प्रसाद जी, मुझसे मत बनिए। मुझे सब कुछ मालूम है। क्या आप चेयरमैन के पास अपना मकान बनवाने के लिए कर्ज माँगने नहीं गए थे ? कई दिन दौड़े थे उनके घर।"

"क्या ? आप कह क्या रहे हैं ?"

रामेश्वर प्रसाद की आँखें चौड़ी होकर सिकुड़ गयीं। जैसे उनकी दृष्टि हरिनाथ को डाँट रही हो, तुम कितने झूठे और मक्कार हो हरिनाथ। न जाने किस पुण्यवान क्षण में तुम्हें ब्राह्मण-कुल में जन्म मिल गया। तुम्हें तो शहर की गंदी नाली में बैठे रहना चाहिए। कैसा अनुमान लगाया है। इधर की बात उधर लगाकर अपना उल्लू सीधा करते तुम्हारी यह उम्र हो गयी। तुम्हारी ही रखैल अब तुम पर लात चलाने लगी है।

रामेश्वर प्रकट में बोले—आप जो कह रहे हैं, उस पर मुझे सख्त एतराज है। मैं किसी के पास नहीं गया कर्ज माँगने।

"छोड़िए इस बात को। नाराज मत होइए। मैं भी आपका अपना ही हूँ। आपकी परिस्थिति मुझे मालूम है। इतनी कतर-ब्योंत करने पर आप दो कमरों की केवल नींव डाल सके हैं। मैं कहूँगा दिनेश जी से कि वे आपकी भी कुछ मदद करें।"

"तो आप मुझे प्रलोभन देने आए हैं ? भ्रम में मत पड़िए पाण्डेय जी। दिनेश की सहायता की मुझे जरूरत नहीं। उनसे एक बार कर्ज लेकर मैंने अपनी इज्जत लुटा दी। उस व्यक्ति ने कहाँ-कहाँ नहीं कहा। भले ही मेरा मकान अधूरा रहे, मैं उस आदमी से मदद नहीं लूँगा। आप संधिदूत बनकर आए, अब जाकर उनसे मेरा फैसला बता दीजिए।"

हरिनाथ पाण्डेय को अब बैठना अच्छा नहीं लगा। जाते-जाते कहते गए—मैं आपके भले के लिए कहने आया था। लेकिन याद रखिएगा रामेश्वर बाबू, इज्जत पहले अपनों से ही मिलती है। हमें नाराज कर क्या आप प्रींसिपल बन जाएँगे ?

"बाद में देखी जाएगी। अभी तो लड़ाई है।"

"लड़ाई आप मानते हैं ? चलिए वह भी देखी जाएगी। हम तो भले के लिए आपको समझाने आए थे। नासमझी के कारण ही रावण की लंका जल गयी।"

"जाइए, आप भी मेरी लंका जला दीजिएगा।"

हरिनाथ ने जाकर दिनेश कुमार को सारी बातें बता दीं। क्रोध उबल रहा था। हरिनाथ अपने अपमान का बदला लेना चाहते थे। बोले—मुझे संधिदूत कहता

है यह आदमी। जी में तो आता है कि स्कूल ऑफिस में रामेश्वर को पटककर उसकी छाती पर बैठ जाऊँ।

"नहीं नहीं, इतने उतावले मत बनिए पाण्डेय जी। आप पहलवान आदमी हैं, जल्दी ताव खा जाते हैं। मास्टरों की उठा-पटक देखकर विद्यार्थी क्या सोचेंगे। आपके अपमान का बदला मैं लूँगा।"

अट्ठारह

स्थायी प्राचार्य की नियुक्ति के लिए इन्टरव्यू की तारीख तय हो गयी। जैसे-जैसे समय नजदीक आता गया, दोनों पक्षों की सरगर्मी बढ़ती गयी। सिफारिशों की होड़ लगी थी और आश्वासनों की वर्षा हो रही थी। ऊँट किस करवट बैठेगा, किसी को पता नहीं था। कृपाशंकर एक अबूझ पहेली बने थे। तब भी दिनेश कुमार आश्वस्त थे।

इन्टरव्यू के दिन आधे समय से स्कूल बंद कर दिया गया। चेयरमैन की हिदायत थी कि उस दिन छात्र विद्यालय के प्रांगण में न रहें। शाम होते-होते वातावरण शांत और गंभीर बन गया। कई प्रत्याशी बाहर से भी आए थे।

इन्टरव्यू चार बजे से होनेवाला था। स्कूल कमिटी के सदस्य पहुँचने लगे। सरकारी प्रतिनिधि भी आ पहुँचे। अंत में आनेवाले चेयरमैन थे। गेट के पास आकर उनकी सफेद गाड़ी रुकी। उनके पहले बगल में शिक्षा अधिकारी की गाड़ी आकर लग चुकी थी। हाथ में फाइल लिये लंबी-चौड़ी काया के कृपाशंकर जी मुस्कुराते हुए उतरे। प्रत्याशी लोग खड़े हो गए। दिनेश कुमार ने आगे बढ़कर उन्हें नमस्कार किया। रामेश्वर प्रसाद ने भी नमस्कार किया।

सभी प्रत्याशियों को एक दृष्टि में देखकर कृपाशंकर अंदर चले गए।

कुर्सियों की पाँत में जहाँ दिनेश कुमार बैठे थे, वहाँ से पाँच स्थान छोड़कर रामेश्वर प्रसाद बैठे थे। लोग आपस में बातें कर रहे थे। इसी बीच अहमद साहब दिखाई पड़े। कुछ गज दूर से उन्होंने पुकारा—रामेश्वर बाबू, एक मिनट।

अहमद साहब का चेहरा गंभीर था। वे तेजी से चलकर आए थे। इसलिए हाँफ रहे थे। माथे पर पसीना चमक रहा था।

"क्या बात है, अहमद साहब ?"

"जरा उधर चलिए। कुछ खास बात है।"

बरामदे के बाहर उत्तर की तरफ दोनों गए। दीवार की आड़ में खड़े होकर रामेश्वर प्रसाद के कान के पास मुँह ले जाकर अहमद साहब ने कहा—

"आप इस इन्टरव्यू से अलग हो जाइए। तौबा कीजिए इस प्रींसिपली को।"

"क्यों ? यही बात मुझे समझाने हरिनाथ पाण्डेय भी गए थे।"

"जनाब, बाहर गनेसी अग्रवाल के अहाते में करीब पचीस गुंडे बैठा दिए गए हैं। ये सभी दिनेश कुमार के बुलाए गुंडे हैं। उनमें तीन-चार को मैं पहचानता हूँ। मुझे शहर में किसी ने बताया है कि अगर दिनेश कुमार का चुनाव नहीं हुआ तो आज स्कूल के इसी अहाते में कोई न कोई वारदात होकर रहेगी।"

"मतलब ?"

"मतलब यह है कि यहाँ लाठियाँ चलेंगी, छूरे, चाकू और बन्दूक भी चल सकती है। है आपमें हिम्मत ? कर पाएँगे आप इन गुंडों का मुकाबला ? भाई साहब, ये ताकतें आपको प्रींसिपल नहीं बनने देंगी।"

"कैसे नहीं मौलाना। कमिटी अगर मेरा नाम पैनल पर सबसे ऊपर रखती है तो देखूँगा कि दिनेश के गुंडे मेरा क्या कर लेते हैं।"

"ऐसी चुनौती मत दीजिए मास्टर साहब ! दुर्गा सिंह का दल भी यहीं कहीं छिपा होगा। पूरे गोरखपुर शहर में इसकी चर्चा है। मेरा कलेजा काँप रहा है। कहीं कुछ हो न जाय। इस पोस्ट को पाने से तो अच्छा है कि आदमी आजादी से कहीं दुकान खोलकर गुजारा कर ले।"

"अब दिनेश कुमार जो भी करें। मैं देखने के लिए कमर कस चुका हूँ। इतनी दूर आ गया हूँ तो पीछे नहीं लौटूँगा।"

इंटरव्यू शुरू हो गया। कैंडिडेट बारी-बारी से अन्दर बुलाए जाने लगे। दिनेश कुमार का तीसरा नंबर था। अन्दर वे देर तक रहे। बाहर निकले तो बहुत खुश नजर नहीं आ रहे थे। कमिटी के किसी सदस्य ने उनकी शैक्षिक उपलब्धियों पर असंतोष व्यक्त किया था। प्रश्नोत्तर वाद-विवाद में बदल गया। कृपाशंकर ने नहीं सँभाला होता तो लड़ाई की नौबत आ जाती।

रात के साढ़े आठ बजे तक इंटरव्यू खत्म नहीं हुआ। कैंडिडेट साँस थामे परिणाम सुनने की प्रतीक्षा में थे। रामेश्वर प्रसाद के भी मन में संशय था।

इंटरव्यू खत्म हो गया। साढ़े नौ से ऊपर का समय हो गया। किन्तु अन्दर से किसी फैसले की भनक नहीं मिल रही थी। एक चपरासी अन्दर चाय-पानी पहुँचा रहा था। उससे भी पूछा गया पर वह कुछ विशेष नहीं बता सका। उसने केवल इतना ही बताया कि अन्दर साहब लोगों में बहस छिड़ी है।

दस बज गए। कैसी अड़चन पड़ गयी जो फैसला नहीं हो पा रहा है। अचानक खबर फैली कि दिनेश जी को स्थायी प्राचार्य बना दिया गया। चपरासी खबर लेकर आया था।

दिनेश कुमार का चेहरा खिल उठा। लोग उन्हें बधाई देने लगे। हरिनाथ पाण्डेय इस शुभ अवसर पर लोगों का मुँह मीठा कराना चाहते थे। शहर में नजदीक की दुकानें बंद हो चुकी थीं। रेलवे स्टेशन के पास की खुली होंगी। विचार करने

के लिए वे दिनेश कुमार के पास पहुँचे कि कितनी मिठाई मँगाई जाय। इस वक्त तो लोग थोड़े ही हैं। कल दिन में दस किलो भी कम पड़ेगी। अस्थायी प्राचार्य जब बने थे तब करते न करते पाँच-छः किलो मिठाई बँट गयी थी।

पन्द्रह मिनट के बाद ही एक दूसरे चपरासी ने आकर खबर दी कि पहला समाचार गलत था। प्रींसिपल तो रामेश्वर प्रसाद को बनाया गया है। पहली खबर पर हताशा में डूबे रामेश्वर प्रसाद में फिर से उत्साह भर गया। आज ईश्वर ने उनकी सुन ली। डर बना था कि चेयरमैन कहीं बदला न ले बैठें। लेकिन वह आदमी उदार और क्षमाशील है। ऐसे आदमी छोटी-छोटी बातों पर ध्यान देने लगे तो फिर बड़ी बातों के लिए समय कहाँ। मैंने ट्यूशन पढ़ाना छोड़ दिया, मुकदमे की गवाही में भी कोई सहायता नहीं की, फिर भी बेचारे ने मन में कोई मलाल नहीं रखा। मेरा ही नाम चुना। बाहर निकलें तो दौड़कर उन्हें धन्यवाद दूँ। कहूँगा—सर, मेरी खातिर आपने बहुत किया। सचमुच आप महान् हैं।

रामेश्वर प्रसाद को बधाइयाँ मिलने लगीं। दिनेश कुमार की आँखों से चिनगारी फूटने लगी। हरिनाथ पाण्डेय की प्रसन्नता को लकवा मार गया। यह कैसी बिजली चमककर विलुप्त हो गयी। दिनेश कुमार उठकर दूसरी तरफ चले गए। बाहर से आए प्रत्याशियों ने मन में यही सोचकर संतोष कर लिया कि उन्हें तो पता ही था कि इस पोस्ट पर सेलेक्शन किसी भीतरी आदमी का ही होगा। इस तरह नाटक अब हर जगह होने लगे हैं। बाहर के प्रत्याशियों को तो कानून का मुँह बन्द करने और आँखों पर पट्टी बाँधने के लिए बुलाया जाता है। बड़े-बड़े अरमान लेकर लोग आते हैं और वस्तुस्थिति का ज्ञान होने पर पछताते हैं। कितनों को इसलिए संतोष था कि चलो इसी बहाने गोरखपुर शहर देख लिया। बाबा गोरखनाथ मंदिर के बारे में सुना था, देखा नहीं था। उनके भी दर्शन कर लिये। मंदिर द्वार पर संध्या में मलाई-रबड़ी बेचनेवाले कितने बैठे रहते हैं। किसी से स्वाद की तारीफ सुनी थी। दो दोने रबड़ी भी खा ली।

कोई सोच रहा था—गोरखपुर आने के लिए मन हिचक रहा था। कानपुर की बसी-बसायी गृहस्थी उजाड़ करके गोरखपुर आओ। फिर से बसो-बसाओ। स्कूल का स्टाफ अनुकूल नहीं मिला तो हड़ताल और बन्द की वेदना झेलते रहो। मजदूर यूनियनों की तरह अब मास्टरों की भी हड़ताल शुरू हो जाती है। हेडमास्टर कमजोर हुआ तो गार्जियन भी लठ लेकर दौड़ पड़ते हैं। पुलिस तब आती है जब ऑफिस के फर्नीचर टूट चुके रहते हैं अथवा हेडमास्टर के सिर का खून सूख चुका रहता है। बन्दरों की सेना सँभालना कम मुश्किल काम नहीं है, वह भी दूसरे शहर में। चलो मुक्ति मिली।

एक सज्जन कहीं असिस्टेंट हेडमास्टर थे। हेडमास्टर के छुट्टी जाने पर वे ही आफिसिएट करते थे। जिस दिन भी वे कार्यभार सँभालते थे उस दिन किसी

क्लर्क या चपरासी से जरूर झगड़ा हो जाता था। उस टंटे से मुक्ति पाने के लिए उन्होंने इस स्कूल में आवेदन-पत्र दिया था। योग्यता और अनुभव में कमी नहीं थी लेकिन उनसे इन्टरव्यू में यह पूछकर उन्हें काट दिया गया कि आप इतनी दूर मध्यप्रदेश से क्यों आना चाहते हैं। वहीं के किसी स्कूल में ट्राई कीजिए।

सभी प्रत्याशी इस समय रामेश्वर को देख रहे थे। सफलता के बाद आदमी का रूप-रंग थोड़ा बदल जाता है।

परिणाम यद्यपि बाहर हवा में तैर चुका था, फिर भी कमिटी का कोई मेम्बर बाहर नहीं आ रहा था। लोग प्रतीक्षा में थे। रात साढ़े दस बजे खामोशी बढ़ती जा रही थी। अन्दर सदस्यों में अब भी बहस चल रही थी। तो क्या अब तक किसी भी नाम का फैसला नहीं हुआ ?

कमिटी के एक सदस्य कोई शर्मा जी पान की पीक फेंकने बाहर आए कि कई प्रत्याशी उनके पास दौड़े चले गए—सर, फैसला हो गया ? प्रींसिपल किसको बनाया गया ?

शर्माजी बोले—अभी कुछ नहीं कहा जा सकता। सर्वसम्मति नहीं बन रही है। मतभेद है।

वे अन्दर चले गए। बहस की आवाज सुनाई पड़ रही थी। कभी कृपाशंकर के ठहाके भी गूँजते थे।

अचानक पूरे स्कूल की बिजली गुल हो गयी और देखते-देखते बाहर गेट पर धड़ाक-धड़ाक की आवाज सुनाई पड़ी। दरबान टॉर्च लिये उधर दौड़ा। उसने देखा कि तीन आदमी लाठियाँ लिये भागे जा रहे हैं। चेयरमैन की गाड़ी का शीशा चकनाचूर हो चुका था।

चेयरमैन बाहर आ गए। सभी सदस्य उठ पड़े। किसी शरारती ने मेन स्विच ऑफ कर दिया था। पाँच मिनट के बाद रोशनी हुई।

सदस्यों की बैठक फिर हुई, परन्तु चेयरमैन का मन बैठक में नहीं लगा। उन्होंने घोषणा की कि आज की बैठक स्थगित की जाती है। अब यह बैठक कल दिन में उनके ही घर पर होगी।

चेयरमैन का चेहरा गंभीर था। अपनी गाड़ी में जब वे सवार होने लगे तब दिनेश कुमार नमस्कार करने के लिए आगे बढ़े। किन्तु उन्होंने उधर ध्यान नहीं दिया।

उन्नीस

कई रोज बीत गए। कमिटी की बैठक नहीं हुई। इस रवैये से स्कूल के टीचर नाराज थे। दुर्गा सिंह एक ज्ञापन लेकर कृपाशंकर के पास गए। उसमें अनुरोध किया गया था कि स्कूल के स्थायी प्राचार्य की नियुक्ति की घोषणा शीघ्र की जाय। चेयरमैन यदि आगे टालमटोल करेंगे तो सभी शिक्षक हड़ताल करेंगे।

कृपाशंकर मास्टरों की धमकी में आनेवाले जीव नहीं थे। दिनेश कुमार के पास उन्होंने खबर भेजी कि शिक्षक लोग हड़ताल की धमकी वापस लें नहीं तो उनके साथ सख्त कारवाई होगी।

एक दिन दिनेश कुमार चेयरमैन से मिलने गए। बिना किसी भूमिका के चेयरमैन ने पूछा—तो आप भी भूख हड़ताल पर बैठनेवाले हैं ?

"मैं मजबूर हूँ। मेरे साथ अन्याय होने जा रहा है। ऐसा सभी महसूस करते हैं !"

"बात ऐसी नहीं है दिनेश जी। कमिटी का जो फैसला होगा वह सही होगा।"

"कमिटी को भी रास्ता बतानेवाले आप ही हैं। मेरा पक्ष आप सदस्यों के सामने नहीं रखना चाहते। लगता है, उस दिन का इन्टरव्यू आपका नाटक था।"

दिनेश के इन रूखे शब्दों से कृपाशंकर थोड़ा सजग हुए। उनके चेहरे की ओर देखने लगे। जी में आया कि इस तरह बहकी बात करनेवाले को नजर से दूर कर दें और कह दें कि फिर इधर मत आना। किन्तु प्रकट में बोले—मास्टर दिनेश कुमार, मूर्ख मत बनिए। विपत्ति-काल में जाने कैसे-कैसे नाटक करने पड़ते हैं।

"विपत्ति ! आपके लिए विपत्ति ?"

कृपाशंकर की आवाज कड़ी थी—और नहीं तो क्या ! मुझसे निबटने के लिए पचीसों लठैत आपने बुलाए। मेरी कार का शीशा आपके आदमियों ने तोड़ा।

"सोच-समझकर बोलिए चेयरमैन साहब। आप को किसी ने भ्रमित किया है। शीशा तोड़ने और मीटिंग के समय स्कूल बिल्डिंग की लाइट गुल करने में जिसका हाथ है, उसको आप भी जानते हैं।

"समझिए मुझे कुछ नहीं मालूम। जिसका प्रमाण मेरे सामने है मैं सच उसे ही मानता हूँ।"

"कृपाशंकर जी, आपका यह सरासर अन्याय है। मैं समझता था कि आप एक सुलझे हुए आदमी हैं। आप जो करेंगे, सोच-समझकर करेंगे।"

"अच्छा हुआ, आपने मुझे देवता नहीं समझा। आदमी ही माना। आदमी से गलती होने की संभावनाएँ बनी रहती हैं।"

"गलती कहाँ है और क्यों हो गयी यह मुझे मालूम है। मैं जाता हूँ। हड़ताल होगी। और मैं आपका मकसद पूरा नहीं होने दूँगा।"

दिनेश कुमार गुस्से में उठे और चेयरमैन के कमरे से बाहर हो गए। उधर से पानी का गिलास लिये नौकर आ रहा था। वह हक्-बक् बने दोनों को देख रहा था। कृपाशंकर भी रोष में थे। आगे बढ़कर बोले—बताते जाइए कि मेरा मकसद क्या है।

"कहने की जरूरत नहीं और आपने पूछ ही लिया तो वह भी सुन लीजिए। आपने ऐसी स्थिति पैदा कर दी है कि इस विद्यालय में प्राचार्य पद पर न मैं रहूँ और न रामेश्वर प्रसाद। आपका चहेता कोई और है। वह है महेन्दरनाथ। प्रींसिपल के इंटरव्यू में वे भी आए थे। बाहर के प्रत्याशी चले गए किन्तु महेन्दरनाथ इस शहर के एक होटल में अभी तक ठहरे हुए हैं।"

"अच्छा तो खबर आपको यहाँ तक मिल चुकी है ?"

"गलत नहीं मिली। मेरे भी आदमी इस शहर में हैं। आपके अधीन ट्रकों और बसों की संख्या ज्यादा हो सकती है। लेकिन गोरखपुर में मेरे अपने आदमियों की भी संख्या कम नहीं है।"

"तो उन लठैतों की बात आप स्वयं मान रहे हैं। फिर क्या, बुला लीजिए अपने आदमियों को और प्रींसिपल की कुर्सी पर बैठ जाइए।"

"वह भी कर दिखाऊँगा। मगर आप भी कान खोलकर सुन लीजिए। आपको चेयरमैन नहीं रहने दूँगा।"

"कृपाशंकर इन चुनौतियों के लिए हमेशा तैयार रहते हैं। आप पहले अपनी सामर्थ्य और शक्ति को तौल लीजिए।"

"मैंने जो कहा है, सोच-समझकर कहा है श्रीमान् जी।"

दिनेश कुमार चले गए।

कृपाशंकर खड़े-खड़े कुछ सोचते रहे।

दूसरे दिन स्कूल में शिक्षकों की बैठक हुई और सर्वसम्मति से निर्णय हुआ कि इस विद्यालय में यदि कोई बाहरी व्यक्ति प्राचार्य बनकर आता है तो सभी लोग विरोध करेंगे। हम चेयरमैन की तानाशाही नहीं चलने देंगे।

बैठक में दुर्गा सिंह खड़े होकर ऊँची आवाज में बोले—भाइयो, यह चाल तो पहले ही समझ लेनी चाहिए थी। कृपाशंकर बार-बार इन्टरव्यू टाल रहे थे। हमारे हरिनाथ जी इस भेद को अच्छी तरह जानते थे।

अपने वक्तव्य में हरिनाथ पाण्डेय ने बताया कि जिस व्यक्ति को प्रींसिपल बनना है, वह चेयरमैन का सम्बन्धी है। शायद उनकी ससुराल का है। न जाने वह अब तक कहाँ छिपा था। इन्टरव्यू में शामिल होकर गायब हो गया। इसी शहर में कहीं ठहरा हुआ है। वह आदमी गाजियाबाद के किसी स्कूल में टीचर

है। रिकार्ड उसका अच्छा नहीं है। एम०ए० में थर्ड डिविजन है। दो बार जेल जा चुका है। संभवतः उसने कृपाशंकर के किसी केस में गवाही भी दी है। उसका नाम महेन्दरनाथ है। आप लोग ही बताइए कि उसके आ जाने पर इस विद्यालय के भविष्य का क्या होगा ?

इसी बीच अहमद साहब उठ खड़े हुए—मैंने बहुत पहले अपने साथियों से कहा था कि अगर आपको किसी काबिल आदमी की तलाश है तो वे हैं रामेश्वर प्रसाद। बी०ए०, एम०ए० दोनों में फर्स्ट क्लास हैं। यूनिवर्सिटी में जाने से जरा-सा चूक गए। वे भले आदमी हैं और पढ़ाते भी अच्छा हैं।

"अच्छा पढ़ाना और प्रींसिपली करना एक बात नहीं है मौलवी साहब। पढ़ाने में जुबान घुमाना और दिमाग लगाना पड़ता है और प्रींसिपली में डंडा घुमाना पड़ता है। जरूरत पड़ी तो बन्दर घुड़की भी दिखानी पड़ती है।"

"इसका मतलब है कि आप कृपाशंकर की थ्योरी को ही मंजूरी देते हैं। मुझे तो लगता है दोस्तो, कि इस स्कूल में बिल्लियों का झगड़ा शुरू हो गया है। अब कोई बन्दर ही आकर इसका फैसला करेगा। हमारा हक मारा जाएगा।"

दिनेश कुमार ने इशारे से अहमद साहब को बैठा दिया। बैठकों में अक्सर बोलनेवाले उस वक्ता को दिनेश कुमार बार-बार इशारा करके बैठा देते थे जो उनके खिलाफ बोलता था। अहमद साहब का रामेश्वर प्रसाद के पक्ष में बोलना दिनेश को अच्छा नहीं लगा।

दिनेश कुमार बोले—वह बात बाद में देखी जाएगी। यदि मुझमें और रामेश्वर प्रसाद में कोई विवाद हो तो हम लोग मिलजुलकर उसका निबटारा कर लेंगे। लेकिन यह हमारा संकल्प है कि हम बाहरी आदमी को नहीं आने देंगे। हम पर चेयरमैन की कोई चाल नहीं चल पाएगी। यदि किसी ने मनमानी की तो हमारी हड़ताल होकर रहेगी। बोलिए है मंजूर !

"मंजूर है।" सभी शिक्षक एक स्वर में बोल पड़े।

दुर्गा सिंह ऊँचे स्वर में बोले—अगर हमारी मर्जी के खिलाफ कुछ हुआ तो हम सभी भूख हड़ताल पर बैठेंगे।

बैठक समाप्त हो गयी। सभी को विश्वास हो गया कि यह आंदोलन लम्बा चलेगा। हड़ताल होकर रहेगी।

कृपाशंकर के पास स्कूल की खबर मिनट-मिनट पर पहुँच रही थी। विद्यालय में पढ़ायी ठप हो गयी। शिक्षक और कुछ विद्यार्थी आते थे, आधा एक घंटा ठहर कर चले जाते थे।

कृपाशंकर पर जोर पड़ रहा था कि वे स्थायी प्राचार्य की नियुक्ति शीघ्र करें जिससे विद्यालय का वातावरण सामान्य बन सके।

शिक्षक-अभिभावक संघ के भी कई सदस्य उनसे मिले। परीक्षाएँ समीप हैं। छात्रों का नुकसान हो रहा है।

चेयरमैन ने सभी को आश्वासन देकर विदा किया कि समस्या का समाधान शीघ्र ही ढूँढ़ लिया जाएगा।

चेयरमैन ने दिनेश कुमार और रामेश्वर प्रसाद को संदेश देकर अपने घर आने का प्रस्ताव भेजा। किन्तु उनसे मिलने कोई नहीं गया।

एक सप्ताह बीत गया। सरकारी शिक्षा अधिकारी आए, कई लोगों से मिले, कृपाशंकर के घर पर भोजन-पानी किया और चले गए। स्कूल के सामने दो-चार पुलिसवाले दिखाई पड़ने लगे। शिक्षक विद्यालय आते थे लेकिन लॉन में बैठे रहते थे।

एक दिन चेयरमैन की चिट्ठी आई कि स्थायी प्राचार्य के पद पर श्री महेन्दरनाथ की नियुक्ति की जाती है। अगले सप्ताह वे कार्यभार सँभालेंगे।

दिनेश कुमार ने तत्काल घोषणा कर दी कि कृपाशंकर के ऐसे अन्यायपूर्ण निर्णय के विरोध में वे आज से भूखहड़ताल पर बैठते हैं। उनके समर्थकों ने चेयरमैन हाय ! हाय ! ! के नारे लगाए। दर्शनार्थी छात्रों को बाहर कर दिया गया और प्रींसिपल की ऑफिस पर ताला लग गया।

कुछ अभिभावकों ने चेयरमैन से मिलकर आग्रह किया कि वे अपने निर्णय पर पुनर्विचार करें। किन्तु उन्होंने यह कहकर सभी को वापस कर दिया कि यह नाम पूरी कमिटी द्वारा तय किया गया है।

बीस

आज भूखहड़ताल का पाँचवाँ दिन था। दिनेश कुमार का स्वास्थ्य गिरने लगा था। उनके समर्थन में बैठे दूसरे शिक्षकों का भी हाल बहुत अच्छा नहीं था। चारों तरफ से दबाव पड़ रहा था कि शिक्षक भूखहड़ताल वापस लें, स्कूल में पढ़ायी शुरू हो, उनकी माँग स्वीकार करने के लिए कमिटी पर जोर डाला जाएगा। किन्तु दिनेश अब पीछे लौटनेवाले नहीं थे।

हरिनाथ पाण्डेय का एक आदमी खबर लेकर आया कि चेयरमैन के घर पर कमिटी की बैठक तीन-तीन बार हुई है। वहीं वह महेन्दरनाथ भी दिखाई पड़े हैं। किसी ने आकर दूसरी खबर दी कि विद्यालय की दशा सामान्य बनाने के लिए कृपाशंकर काफी चिंतित हैं। वे कमिटी के सदस्यों और शिक्षा विभाग से सम्पर्क करके उनका सुझाव ले रहे हैं। संभवतः प्राचार्य पद पर बाहरी आदमी की नियुक्ति रोक दी जाय। इस खबर से आंदोलनकारियों ने थोड़ी राहत की साँस

ली। किसी-किसी के मुँह से यह भी सुना गया कि विद्यालय अब जल्द ही खुलेगा। चेयरमैन ने बाहरी आदमी थोपने का अपना इरादा बदल दिया है।

हरिनाथ पाण्डेय इस आशा में अपना अनशन तोड़ना चाहते थे। इस भूखहड़ताल में फँसने के कारण वे पिछले सप्ताहभर से अपने गाँव नहीं गए थे। नई खरीदी गयी गाय के बारे में चिन्ता बनी हुई थी। किन्तु बिना दिनेश कुमार की अनुमति के इस समय कुछ करना उचित नहीं था।

रामेश्वर प्रसाद अनशनकारियों के दूसरे जत्थे में थे। उनकी बारी परसों आनेवाली थी। इसलिए वे स्कूल आते थे, आधा-एक घंटा ठहर कर फिर घर लौट जाते थे।

पाँचवाँ दिन भी बीत गया। खबर थी कि कृपाशंकर शिक्षा अधिकारी के साथ स्वयं आकर घोषणा करनेवाले हैं कि विद्यालय के शिक्षकों की माँग मान ली गयी है और दिनेश कुमार को स्थायी प्राचार्य नियुक्त किया जाता है। किन्तु सूरज ढल गया, रात के नौ बज गए, कोई नहीं आया।

दूसरे दिन सुबह होते ही चेयरमैन की गाड़ी गेट पर आकर लगी। हड़ताली शिक्षक उत्सुकता से उनके प्रस्ताव की प्रतीक्षा करने लगे। शिव कुमार बाबू ने मन में कहा—आखिर आए तो महाराज। हम तो जानते थे कि इस मामले में चेयरमैन हमसे टक्कर नहीं ले सकते। अब कहेंगे—आप लोग शिक्षक हैं, यह भूखहड़ताल आपको शोभा नही देती। आप लोग उठिए, पीजिए यह फलों का रस। विगत को भूल जाइए। आपकी माँग का सम्मान हमने कर दिया।

चेयरमैन की गाड़ी से महेन्दरनाथ भी उतरे। और पीछे की जीप से आठ-नौ पुलिसवाले।

चेयरमैन ने अंदर जाकर दिनेश कुमार से कहा—हमें ऑफिस की चाभी दीजिए और आज ही अपना चार्ज भी दीजिए। आज से ये महेन्दरनाथ जी स्थायी प्राचार्य का कार्यभार सँभालेंगे।

"चार्ज माँगनेवाले आप कौन हैं ? यहाँ आप कैसे आए ?"

"मैं चेयरमैन की हैसियत से आया हूँ।"

"हम आपको चेयरमैन नहीं मानते।"

एक दूसरा शिक्षक जोर से चिल्लाया और नारा लगा—कृपाशंकर हाय ! हाय !! सरगर्मी बढ़ती गयी। गेट से पचासों आदमी लाठियाँ लिए अचानक अन्दर आ घुसे। कृपाशंकर ने इशारे से उन्हें थोड़ी देर रुकने के लिये कहा किन्तु इसके पहले ही एक ने बढ़कर दिनेश कुमार की कालर पकड़ ली—हटता है कि नहीं यहाँ से। आज तेरी भूखहड़ताल की अर्थी निकालने हम आए हैं।

देखते-देखते कई लोग एक-दूसरे से जूझ पड़े। लाठियाँ चलने लगीं। दो के हाथों में बंदूकें थीं। हरिनाथ पाण्डेय के हाथ पर जब चोट लगी तो वे आपे

से बाहर हो गए और एक को उठाकर पटक दिया और छाती पर बैठ गये। उनके कंधे पर कई लाठियाँ एक साथ पड़ीं। पुलिस ने पहले तो बीच-बचाव करना चाहा किन्तु बाद में वह भी आक्रमणकारी दल में शामिल हो गयी। मिनटभर में कइयों के सिर फूटे, बाँहें टूटीं। लोग भाग खड़े हुए। कुछ छात्र पुलिस से भिड़ गए। दिनेश कुमार ने एक लठैत की बाँह पकड़ी; तब तक दूसरे ने उनके सिर पर इतने जोर से डंडा मारा कि सिर फट गया और खून की धारा बह चली। दिनेश कुमार बेहोश होकर गिर पड़े। कोहराम मच गया। एक डंडा कृपाशंकर के हाथ पर पड़ा। उनकी कलाई टूट गयी।

इसी बीच अलग खड़े तमाशा देखनेवाले भावी प्राचार्य महेन्दरनाथ को तीन आदमियों ने दबोच लिया और उनको घसीटते हुए बाहर ले गए। पुलिसवाले उधर दौड़ें कि महेन्दरनाथ को मोटर साइकिल पर बैठाकर ले भागे। पीछे-पीछे दो मोटर साइकिलें और थीं।

बेहोश दिनेश कुमार को अस्पताल पहुँचाया गया। सिर से खून की धारा बंद नहीं हो रही थी।

हड़ताली शिक्षक तितर-बितर हो चुके थे। बहुतों को चोट लगी थी। लॉन में सैकड़ों छात्र एकत्र हो गए थे। उन्होंने नारा लगाया—कृपाशंकर हाय ! हाय ! चेयरमैन वापस जाओ ! बाहरी आदमी मार भगाओ।

कृपाशंकर अपने दाहिने हाथ की कलाई थामे अपनी कार की ओर बढ़ रहे थे, तभी उन पर ईंट-पत्थरों की वर्षा हो गयी। कार के शीशे टूटे, पुलिसवाले के सिर पर पत्थर लगा। वह अपना सिर थामे बैठ गया। छात्रों को पकड़ने के लिए पुलिसवाले दौड़े। छात्र दूर भाग गए।

ड्राइवर ने किसी तरह कृपाशंकर की रक्षा की और कार में बैठकर चल पड़ा। कृपाशंकर ने कहा—महेन्दरनाथ को भी ले लो।

"सर, उनका अपहरण हो गया।"

"किसने किया ?"

"मैं क्या बताऊँ ! यह तो स्कूल का मामला है।"

शाम में अहमद साहब ने आकर रामेश्वर प्रसाद को खबर दी—दिनेश कुमार अभी तक बेहोश हैं। मैं अभी अस्पताल से आ रहा हूँ। डाक्टरों का अनुमान है कि उनके दिमाग की कोई नस फट गयी है।

दूसरे दिन स्कूल के चारों तरफ पुलिस तैनात कर दी गयी। इस केस में मास्टरों और छात्रों की खोजबीन शुरू हो गयी। चेयरमैन की कलाई पर पलस्टर चढ़ गया।

तीसरा दिन बीता किन्तु दिनेश कुमार की मूर्च्छा नहीं टूटी। बचा-छिपाकर कितने मास्टर उनको देख आए। डाक्टर साफ-साफ नहीं बता रहे थे कि दिनेश

कुमार बचेंगे या नहीं। सिर पर तीन लाठियाँ लगातार पड़ी थीं। रक्त काफी गिर चुका था। दशा में कोई सुधार नहीं था। डाक्टर इतना ही बताते थे कि हम कोशिश कर रहे हैं।

दिनेश कुमार की पत्नी और उनका पुत्र अस्पताल में उनकी देखरेख कर रहे थे। मिसेज कुमार पति की दशा बताते-बताते रो पड़ती थीं। पुत्र कहता था—पिताजी को इस चक्कर में पड़ने की क्या जरूरत थी। नहीं बनते प्रींसिपल तो उनका क्या नुकसान हो जाता ! प्रतिष्ठा का प्रश्न बनाकर आज प्राणों से हाथ धोने के कगार पर हैं।

दिनेश का पूरा सिर पट्टियों से बँधा था। डाक्टर आकर उनकी पत्नी को सांत्वना दे जाते थे। जो आदमी आज जिन्दगी और मौत से जूझ रहा था उसी ने एक दिन अपनी पत्नी को समझाया था—यह ठीक है कि मेरे पास किसी चीज की कमी नहीं है। किन्तु मात्र इतने संतोष से जीवन की अन्य उपलब्धियों के प्रति हम उदासीन हो जायँ, यह कहाँ की बुद्धिमानी है ! तुमने मुझे अभी समझा नहीं है, संघर्ष करने और कुछ प्राप्त करने के पीछे जो कष्ट और असुविधा है, उसमें ही जीवन का वास्तविक आनन्द बहता रहता है। प्राचार्य यदि रामेश्वर प्रसाद बन जायें। अथवा दुनिया का कोई और आदमी इस कुर्सी पर आ बैठे तो उससे मेरा क्या बिगड़ जाएगा। लेकिन कुछ पाने के लिए लड़ने में एक सुख है। जीवन गतिशीलता का दूसरा नाम है। संतोष उसका शत्रु है। जरा मुझे लड़कर देखने दो। मैं न तो कृपाशंकर की कृपा का याचक हूँ और न रामेश्वर के त्याग की प्रतीक्षा में हूँ। मैं कुछ करते रहना चाहता हूँ, वह मुझे करने दो।

लम्बे वक्तव्य से दिनेश ने अपनी पत्नी का मुँह बन्द कर दिया। जीवन में गतिशीलता के पक्षधर को मात्र एक दुर्घटना ने आज विवश और असमर्थ बना दिया है।

अहमद साहब कई बार आकर दिनेश कुमार की दशा देख गए। उन्हें आश्चर्य हो रहा था कि ऐसी परिस्थिति में तो दुश्मन भी दोस्त बन जाता है। फिर रामेश्वर प्रसाद देखने क्यों नहीं आए। वे रामेश्वर के घर पहुँचे। सोचा था, दरवाजा खटखटाकर उन्हें बाहर बुलाऊँगा। उन्हें समझाऊँगा। परिवार के लोगों के सामने कुछ कहूँगा तो संभव है वे लोग भी दखल देने लगें। कहूँगा—

रामेश्वर जी ! आप अभी तक दिनेश कुमार को देखने नहीं गए। इतना सब हो गया, अब यह दुश्मनी किस काम की। जिस दुश्मन को मौत बुलाने आ गयी हो, उससे एक बार तो जाकर गले मिल आइए। एक कुर्सी के लिए आप दोनों ने अपने को तबाह कर लिया।

अहमद साहब के मन में आज और भी बहुत-सी बातें उठ रही थीं। दूर से देखा, रामेश्वर जी हाथ में कोई किताब लिये बरामदे की एक कुर्सी पर बैठे

कुछ सोच रहे हैं। अहमद साहब को देखते ही उठ पड़े—अस्पताल का हाल कहिए मौलाना।

"हाल अब कहने काबिल नहीं है, खुद जाइए और देख आइए। क्या पता कल अर्थी में कंधा लगाना पड़े।"

"क्यों ?" रामेश्वर चौंक पड़े।

"जी हाँ, अब सारा झगड़ा-फसाद खत्म कीजिए मास्टर साहब। मैंने तो इन्टरव्यू के दिन ही आपको कहा था कि तौबा कीजिए इस प्रींसिपली को। आप जाइए अस्पताल और जाते हुए मेहमान की सूरत की आखिरी झलक देख आइए। नहीं जाएँगे तो आप बहुत बुरा कहलाएँगे।

सुनकर रामेश्वर प्रसाद चुप रह गए। अहमद साहब के आने के पहले वे अपने को कोस रहे थे। मन क़रता है कि अब त्यागपत्र देकर घर बैठ जाऊँ। आजीविका के लिए कोई दूरारा कामधाम कर लूँगा। जहाँ शांति नहीं और भाँति-भाँति के राग-विराग में ही समय कटता हो, वहाँ जीने का कोई मजा नहीं। कृपाशंकर ने अपनी चाल चली। मुझे क्या पता था कि दिनेश के प्रति मेरा विरोध कृपाशंकर के ही हक में है। कृपाशंकर मेरी दृष्टि में एक मनुष्य नहीं, स्थिति हैं। मनुष्य अपने स्थान से हट जाता है, बदल जाता है। किन्तु स्थिति तो धीरे-धीरे अपनी जड़ जमा लेती है। इसलिए जिस संस्था से भी उनके जैसे लोग जुड़ेंगे—वहाँ प्रतिपल कुछ न कुछ बिगड़ता रहेगा, मनुष्य से मनुष्य के संबंध पर प्रश्नचिह्न लगेंगे, शंकाएँ पैदा होंगी और संघर्ष की स्थिति बनेगी। कृपाशंकर ने वही सब तो किया। अपने एक सम्बन्धी को प्राचार्य-पद दिलाने के ध्येय से वे अलग-अलग ढंग से हमसे मिलते रहे और विद्यालय के कार्यकलाप को समझते रहे।

शिक्षा-संस्थानों में ऐसे स्वार्थी और धूर्त्त लोगों को घुसने क्यों दिया जाता है। ये लोग जहाँ भी रहेंगे अपना ही श्रृंगार करेंगे, दूसरों को तो उजाड़ देंगे।

"फिर क्या सोचते हैं ? अस्पताल जाएँगे ?"

अहमद साहब के सवाल पर रामेश्वर ने कोई जवाब नहीं दिया। थोड़ी देर बाद अहमद साहब चले गए। जब वे चले गए तब रामेश्वर प्रसाद को ध्यान आया कि इस क्षण वे नहीं जाते तो अच्छा होता। क्यों नहीं उन्होंने अहमद साहब का हाथ पकड़कर उन्हें बैठा लिया और कहा—नहीं जनाब ! मुझे इस वक्त आपकी जरूरत है। आप न जाइए। आप सोच नहीं सकते कि मैं कितनी उलझन में हूँ। आप सुझाव देने आए हैं कि मैं अभी जाकर दिनेश कुमार को देख आऊँ। उनके जीवन का कोई भरोसा नहीं है। सचमुच, यह समाचार तो मन को बेचैन कर देनेवाला है। मुझे वहाँ दौड़कर जाना चाहिए और पूछना चाहिए—दिनेश बाबू, आप कैसे हैं ? मैं आ गया हूँ। किन्तु क्यों एक मन जाने के लिए उठता है तो दूसरा मन दम साधे पड़ा रह जाता है। कहता है, नहीं जाना है वहाँ, जिसके साथ इतना

विरोध रहा। हमने एक-दूसरे का रास्ता काटने का प्रयास किया। दोनों में किसी ने किसी का भी भला नहीं चाहा। हमारी आँखों में प्रतिद्वन्द्विता की चिनगारी फूटती रही। उसी व्यक्ति के पास जाकर कहना—देखो मित्र, मैं आ गया। अपना सारा वैमनस्य त्यागकर मैं आ गया।

दिनेश कुमार यदि होश में होंगे तो मुझे अपने सामने देख मन ही मन हँस पड़ेंगे। कहेंगे, चलो रामेश्वर, सुबह का भूला अगर शाम को घर लौट आए तो उसे भूला नहीं कहते। अब तुम्हें समझ में बात आई कि जो कुछ इस दिनेश कुमार के साथ हुआ वह सब गलत हुआ। हम मनुष्य भी कैसे हैं कि गलत कार्य को गलत तब तक नहीं मानते जब तक उसका दुष्परिणाम सामने नहीं आ जाता। मैं तो कहता ही था कि मुझे प्राचार्य बन जाने दो। क्या मेरे प्राचार्य बन जाने से तुम्हारे मान-सम्मान में कमी आ जाती ? कभी नहीं। अपने छात्रों और सहयोगियों में तुमने अपने श्रम और निष्ठा से जो सम्मानजनक स्थान बना लिया है उसमें रंचमात्र भी कमी नहीं आती और न आएगी। समाज किसी को यों ही सम्मान नहीं दे देता। श्रद्धा और सम्मान के बीज उगने में बहुत समय लेते हैं, तब तक मनुष्य को अपनी साधना, त्याग और व्यवहार से प्रतीक्षा करनी पड़ती है।

प्रकट में कहेंगे दिनेश—आओ भाई ! विद्यालय का हाल सुनाओ।

ऐसे प्रश्नों का उत्तर देने के लिए मैं अपने को जल्दी तैयार नहीं कर पाता।

मन भी क्या चीज है। न जाने क्या-क्या बाँध लेता है। एकांत में बैठकर जब उन गाँठों को खोलने लगता हूँ तब न जाने कैसे-कैसे रहस्य उभरने लगते हैं ? मेरा मन इस बात पर भी शंकित है कि मेरे आचरण को पवित्र माना जाएगा। मैं अस्पताल जाऊँ और कोई सोच बैठे, श्रीमान् अपने मरणासन्न शत्रु को देखने आए हैं कि अभी प्राणांत में कितना विलम्ब है।

मन क्या-से-क्या सोच लेता है। रामेश्वर प्रसाद इसी उधेड़-बुन में पड़े रहे। न स्कूल जा सके और न अस्पताल। स्कूल कमिटी ने शिक्षकों को समझाबुझाकर स्कूल में पढ़ाई शुरू करने पर राजी कर लिया था। शिक्षकों में वरिष्ठ होने के कारण नगीना चौधरी को कार्यवाहक प्राचार्य बना दिया गया था।

प्रतिमा ने भी रामेश्वर प्रसाद को समझाया कि उन्हें अस्पताल जाकर ऐसी हालत में दिनेश कुमार को अवश्य देख आना चाहिए। जीवन का क्या ठिकाना। हमेशा के लिए अफसोस करने की बात रह जाती है। एक समय था कि इन्हीं दिनेश ने आलोक के इंजीनियरिंग में एडमिशन के लिए पैसे देकर सहायता की थी। सब जाने दें तो स्कूल का तो रिश्ता है। प्रेम अथवा लड़ाई सबकुछ स्कूल को ही लेकर है। आज रामेश्वर स्कूल छोड़कर चले जायँ फिर दिनेश कुमार के विरोध का क्या महत्त्व रह जाएगा।

अस्पताल से खबर मिली कि दिनेश की दशा सुधर रही है। आज आठ

दिनों पर वे कुछ बोलने लगे हैं। लेकिन अभी कुछ दिन और रहना पड़ेगा। कभी-कभी वे मूर्च्छा में आ जाते हैं। दिमाग की नस अभी पूरी तरह जुड़ नहीं पायी है। सिरदर्द और चक्कर आता रहता है।

रात के आठ बजे थे। रामेश्वर घर से बिना किसी को बताए निकल पड़े। कुछ दिन पहले जबलपुर में आलोक की पत्नी बीमार थी। चिट्ठी में खबर आयी थी। रामेश्वर ने प्रतिमा से कहा था कि किसी रात में फोन पर बहू से बात करूँगा।

पति को अचानक घर में न देखकर प्रतिमा ने अनुमान लगाया कि जबलपुर से फोन पर बात करने गए होंगे।

रामेश्वर अस्पताल गए। दिनेश कुमार के बेड के पास जाकर चुपचाप खड़े हो गए। दिनेश पूरे होश में थे। सिर और हाथ पर पट्टी बँधी थी। दोनों एक-दूसरे को अबोले देखते रहे।

दवा लेने का समय था। हाथ में टेबलेट लेकर दिनेश ने पट्टीवाला हाथ गिलास की ओर बढ़ाया। रामेश्वर ने बढ़कर गिलास अपने हाथ से दे दिया।

पानी पीकर दिनेश ने कहा—अब कुछ ठीक हूँ। स्कूल का क्या हाल है ?

"अच्छा नहीं है। परसों से थोड़ी-बहुत पढ़ाई चल रही है।"

डाक्टर राउंड पर आनेवाले थे। रामेश्वर से बाहर जाने को कहा गया।

"जाता हूँ।"

"रामेश्वर बाबू ! थोड़ा ठहरिए।" दुर्बल आवाज में दिनेश ने कहा।

फिर कहा—मैं बड़ा नहीं हूँ। विद्यालय बड़ा है।

रामेश्वर ध्यानपूर्वक दिनेश को देखने लगे। सोचा, ब्रेन पर ज्यादा चोट लगी है, अभी पूर्णतः स्वस्थ नहीं हो सके हैं। नहीं तो यह बिलकुल अप्रासंगिक बात कैसे कह पड़े। केवल 'हूँ' कहकर खड़े रहे।

"सरस्वती बड़ी है न लक्ष्मी से ?"

रामेश्वर का अनुमान विश्वास बन गया कि दिनेश अंड-संड बकने लगे हैं। दिमाग ठीक नहीं है।

"अभी ज्यादा मत बोलिए दिनेश जी। आप कमजोर हैं।"

"तो मास्टर साहब, बताइए न, कौन बड़ी है ?"

"सब बराबर हैं दिनेश जी। कोई छोटा-बड़ा नही।"

दिनेश रामेश्वर की बात पर हँसे, फिर पूछा—

"बताइए, मैं बड़ा हूँ कि आप बड़े हैं ?"

रामेश्वर उठ पड़े, जाकर डाक्टर से बोले—मरीज इधर-उधर की बातें बोल रहा है।

"धीरे-धीरे सब ठीक हो जाएगा। चिन्ता मत कीजिए।"—डाक्टर का जवाब था।

दिनेश कुमार पलकें बंद किए खामोश पड़े थे। रामेश्वर का हाथ उनके सिर पर चला गया। पलकें खुल गईं।

"मेरी बात का जवाब नहीं दिया आपने ?"

"क्या जवाब दूँ ! अब मेरे पास कोई जवाब नहीं है।"

"नहीं, है आपके पास जवाब है। अब तुम्हें मैं परेशान नहीं करूँगा मित्र।" दिनेश की आँखें तरल हो आईं।

"आप इस समय भावुक मत होइए। पहले स्वस्थ होकर घर लौटिए।" रामेश्वर जाने लगे। डाक्टर दूसरे बेड पर आ चुके थे।

"फिर आऊँगा।"

दिनेश देर तक उनका जाना देखते रहे।

ढाई महीने बाद स्वस्थ होकर दिनेश कुमार घर लौटे। स्कूल भी आने लगे। किन्तु रामेश्वर प्रसाद नहीं दिखे। जैसे स्कूल में अब कोई विवाद नहीं रह गया था। सब कुछ खामोश।

जिला शिक्षा अधिकारी के कई बार संदेश भेजने पर रामेश्वर प्रसाद उनके कार्यालय में पहुँचे। वहाँ पहले से ही कृपाशंकर बैठे हुए थे। रामेश्वर प्रसाद को पत्र दिया गया कि आज से वे गिरधारीलाल आर्य उच्चत्तर विद्यालय, गोरखपुर के स्थायी प्राचार्य के रूप में नियुक्त किए जाते हैं।

मिठाई का डिब्बा लिये दिनेश कुमार रामेश्वर प्रसाद के घर पहुँचे। खुशी से भरे थे। बोले—आपका मुँह मीठा कराने आया हूँ।

रामेश्वर बोले—आपकी मिठाई तभी स्वीकार करूँगा जब आप मेरा सहयोग करेंगे।

दिनेश हँसते रहे। फिर बोले—आप तो इधर कई दिनों से स्कूल नहीं आए। आपको एक ख़ुश-खबरी सुनाता हूँ—महेन्दरनाथ मिल गये। दुर्गा सिंह उन्हें अपने ननिहाल में लेकर बैठे हुए थे। पुलिस ने केस वापस ले लिया है। महेन्दरनाथ को उनके अपने घर पहुँचा दिया गया।

विद्यालय में स्थायी प्राचार्य की नियुक्ति हो जाने से वातावरण सामान्य होने लगा। पढ़ाई ठीक चलने लगी। परीक्षा फार्म समय से भरे गए। छात्रों ने परीक्षा दी।

दिनेश कुमार स्कूल रोज आते थे किन्तु लगता था कि स्कूल में उनकी ही शक्ल-सूरत का कोई और आदमी आ गया है। पहलेवाले दिनेश न जाने कहाँ चले गए।

एक दिन पढ़ाते समय दिनेश कुमार अचानक गिरकर बेहोश हो गए। उन्हें फिर अस्पताल पहुँचाया गया। डाक्टरों ने जाँच की और बताया कि दिमाग की

नसें अभी कमजोर हैं। चिकित्सा लम्बी चलेगी।

दिनेश कुमार फिर स्कूल आने लगे। प्राचार्य-कक्ष में बैठकर रामेश्वर प्रसाद से बातें करते, समाचार-पत्र पढ़ते और कोई-कोई क्लास ले लेते। उनकी दशा देखकर रामेश्वर प्रसाद ने उन्हें पढ़ाने के लिए थोड़ी क्लासें दी थीं।

रामेश्वर चाहते थे कि दिनेश कुमार कभी उसी तरह उनसे भी वाद-विवाद करें, जिस प्रकार विद्याधर राय के जमाने में करते थे। दिनेश की उदासीनता उन्हें भारी लगती थी, इसलिए रामेश्वर चिकोटी काटते—दिनेश जी, जिला शिक्षा अधिकारी को कभी विद्यालय में बुलाइए।

"आप जब कहिए।"

"लेकिन मेरी एक शर्त है।" रामेश्वर कहते।

"क्या ?"

"माला खरीदने में जाऊँगा ?"

रामेश्वर की मुस्कान में दिनेश का अतीत झाँकने लगता। दिनेश कहते—बस चुप हो जाइए रामेश्वर जी। वह दिनेश आज कहाँ ? कहते-कहते दिनेश कुमार ने अपनी जेब से एक कागज निकाल रामेश्वर प्रसाद के सामने रख दिया।

कागज देख रामेश्वर चौंके—यह क्या दिनेश जी, आप त्यागपत्र दे रहे हैं ?

"जी हाँ, मन नहीं लगता। स्वास्थ्य भी ठीक नहीं रहता।"

"तो कुछ दिन छुट्टी ले लीजिए।"

"छुट्टी ले लेने से तो मैं बदल नहीं जाऊँगा। दिनेश कुमार, दिनेश कुमार ही रहेंगे।"

दिनेश कुमार के मुखमंडल पर एक उदास हँसी रेंग गयी।

"सच कहता हूँ, प्रींसिपल साहब, इस पेशे में मुझ जैसे लोगों को नहीं आना चाहिए। अस्पताल में मैं इन्हीं विचारों से घंटों जूझता रहा हूँ। एक बार हेडमास्टर विद्याधर राय ने कहा था—शिक्षा संस्थाओं में ऐसी स्थिति आखिर कब तक बनी रहेगी। वे उस दिन बहुत दुखी थे। कह रहे थे—हमारी शिक्षा के स्तर में निंरतर गिरावट आ रही है। न जाने हमें क्या हो गया है, हम कहाँ जाकर थमेंगे। पहले की तरह न अब गुरु रहे, और न शिष्य। शिक्षा की बड़ी-बड़ी योजनाएँ बन जाती हैं और राजनीतिक दलबंदियों की रस्सी से बाँधकर उन्हें ठंडे बस्ते में रख दिया जाता है। हजारों पुस्तकों के पन्ने हमारी आँखों के आगे फड़फड़ाकर रह जाते हैं। आश्चर्य है, हम पर कोई प्रभाव नहीं पड़ता। किसी को पता नहीं, हम चाहते क्या हैं, हम जा कहाँ रहे हैं।

अध्यापकों की दुनिया में कुछ लोग व्यापार, राजनीति, लाटरी, शेयर, मुकदमेबाजी, दलाली, आपसी खींचतान और उठापटक में व्यस्त हैं। कुछ लोगों में घोर उदासीनता है और वे सुन्न आँखों से देखते हुए चुप बैठे हैं। सार्थक चिंतन

और सृजन को जैसे लकवा मार गया है। मात्र कंठ से फेंके शब्द हवा में निर्जीव रुई की तरह फैल जाते हैं। हृदय से उनका कोई सम्बन्ध नहीं।

सभी पूछते हैं कि ऐसी स्थिति आखिर कब तक बनी रहेगी। यह घोर निराशा, पलायन और निष्क्रियता की स्थिति है। सुधार के लिए पुकार मचती है, लेकिन सुधरता कुछ नहीं। आस्था के मंदिर ढह रहे हैं। वहाँ कोई शंख नहीं बजता और न पूजा होती है। सभी धनोपार्जन की शिक्षा की खोज में हैं। पुस्तकालयों में अनपढ़ी पुस्तकों पर धूल जम रही है। नोट और सिक्के गिननेवाली उँगलियाँ उन पन्नों को उलटने-पलटने को तैयार नहीं। ज्ञान और आस्था की धरती ऊसर होने लगी है।

फिर श्रद्धा का क्या होगा ? इन विद्यामंदिरों का क्या प्रयोजन ?

आज उनकी बातें याद आ रही हैं। आप शायद इसे मेरा हृदय-परिवर्तन मान रहे हों। किन्तु ऐसा मैं नहीं मानता। धरती पर पौ फटती है तो अँधेरा मिटता है। किन्तु धरती कहाँ बदलती है ! आत्मनिरीक्षण के बाद मेरे भीतर भी पौ फटी है। आज तक मैं या तो अपने साथ अन्याय करता रहा अथवा इस विद्यालय के साथ। मैंने जितना वेतन पाया, उतना पढ़ाया नहीं। इधर-उधर के फसादों में रहा। अपने अहं का झंडा ऊँचा किए रहा।

मेरे जैसे इस पेशे में बहुत लोग हैं जो एक बार नौकरी पा जाने पर अधिकारों का चाबुक चलाने लगते हैं और अपने कर्तव्यों को पैरों तले रौंद डालते हैं। और ऐसे लोग भी कम नहीं हैं जो इस पेशे से मुक्ति पाना चाहते हैं। उनका मन नहीं लगता किन्तु मजबूरी में यहाँ ठहरे हुए हैं क्योंकि उनकी आर्थिक समस्याएँ उनके सामने मुँह बाए खड़ी हैं। वे भयभीत हैं। यदि वे नौकरी छोड़कर चले जायँ तो सड़क की धूल भी उन्हें नहीं पूछेगी।

आज मुझे संतोष है कि मैंने किसी और के प्रति न्याय किया हो या नहीं, अपने साथ न्याय अवश्य किया। चाहे देर से ही सही।"

इतना कहकर दिनेश कुमार प्राचार्य-कक्ष से बाहर निकल आए।

रामेश्वर प्रसाद देर तक उनका जाना देखते रहे।

तभी चपरासी ने आकर उनका ध्यान भंग किया—सर, कृपाशंकर जी बीमार हैं।

●●●